楊巨源先生遺像

楊夫人遺像

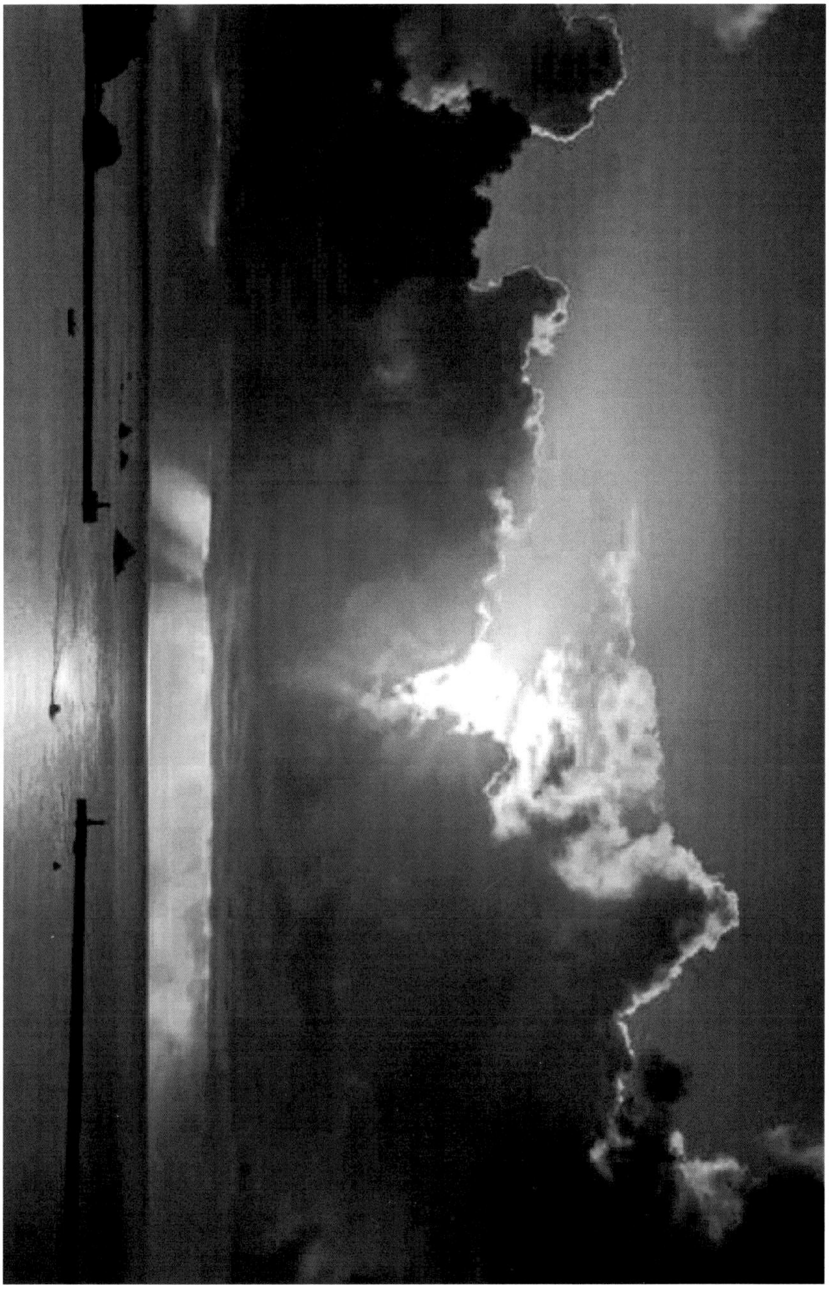

北方澳三仙礁曉望

楊巨源先生遺稿

楊長流著
楊君潛主編

唐鶴秋題

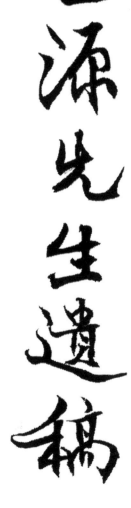

庚子年桐月

萬卷樓刊本

拜讀

楊公匡源仁丈遺稿詩感

拜讀遺篇拍案驚

劉姚曉放羨再閎

從知積善家餘慶

雛鳳清於老鳳聲

吳璐秋撰獻

奉題《楊巨源先生遺稿》並序

巨源詩翁，柳園楊君潛先生尊翁也，一門双傑，皆儒之師也，同門之先也，柳園集其遺稿付梓，敬讀欽遲之。

巨擘長風雨露霑
源清流潔九徵兼
詩從雅士猶栽勝
翁自高賢但守謙
遺韻千秋留逸響
稿封半世聳觀瞻
清吟比翼凌雲唱
賞羨鵬飛鯤起潛

歲在乙亥年大呂之月

白族叟楊綦敬獻

楊公巨源老先生

遺稿付梓誌賀

伯公遺稿壽珂鄉　字字珠璣錦繡章

白雪陽春聲跌宕　敲金戛玉韻悠揚

祖功宗德流芳遠　桂馥蘭香福澤長

恤困周貧囊解助　詩書家世四知堂

後學　唐瑞國　敬題　時年九九又九月

中華民國第二己亥年十二月　穀旦

目次

附錄一 宜蘭《蘇澳鎮志．楊長流作品集》

附錄二　一九六七年楊長流巨源七十自述

唱酬集（筆劃序）

附錄三　一九六七年楊長流巨源七秩雙慶徵詩紀念集

許序

城前村人　許清雲

中國是詩歌大國，歷代詩人輩出，佳作如林；不惟河洛有詩人，江南有詩人，即越中、閩南亦有詩人。臺灣雖偏處大陸東南，且有海峽相隔，但華夏文明、風雅之道仍深入毓化，故寶島亦有名詩人也。

蘇澳楊公長流，字巨源，楊來富長子，原以捕魚爲業，後改業菸酒雜貨。少從名宿黃熾游，詩文根柢紮實，雖涉足工商，仍不廢吟哦。日治時期曾承父命，設漢書房於鄉里，鼓勵研習漢文化。愛國愛鄉，望重蘭陽。

巨源公德蓄胸羅萬卷，崇辭化聖；朝吟夜誦無端，煮字沁香。歌詩言志，情動於中，風雅比興，隨緣落卷，披羅襞績，墨妙筆精，片片濡毫，皆粲然可觀。余尤愛其〈七十自述〉，心儀羨仰無已，謹以此序。

陳序

陳慶煌

在明末清初魏禧《魏叔子文集》中，有〈與邱邦士〉一篇，係論爲人作序之難，大略曰：「其文是而人非者不足敘，其人是而文非不足敘也；文與人是矣，非其心中所樂道，不足敘也；中心樂道之，而不能知其甘苦曲折之故，亦不足敘也。」余今應允序楊長流先生之遺稿，蓋以其乃蘭陽同鄉之耆老，詩中風物，均我兒時曾歷，稍知曲折甘苦；又、哲嗣楊君潛能爲當代騷壇祭酒，即出於當日先生之所用心培育也，自有足供敘者在。

先生字巨源，其詩集又命名《楊巨源先生遺稿》，令人印象深刻，亟欲拜賞，因我就讀中學時，即喜誦唐貞元五年（七八九年）進士楊巨源之〈城東早春〉：「詩家清景在新春，綠柳纔黃半未勻。若待上林花似錦，出門俱是看花人。」詩人感覺銳敏，上聯寫城東楊枝上，衝寒而冒出嫩黃柳眼，「纔」字、「半」字，非惟暗示「早」春，且將其風姿寫得清新悅人，極富生機。下聯以「若待」兩字一轉，改由對面著筆，藉京師長安「上林」苑極穠之繁花似錦，來反襯城東早春極清之「清景」，格調輕快之至。並略知其與名詩人元、白之交際唱酬密切，此吾慘綠少年時所憧憬之閱讀經驗，一晃已過半世紀，歲月可眞不饒人哉！

今觀同姓字之鄉賢楊巨源（一八九八～一九七三年）先輩詩作，其五言絕句〈日月潭〉：「半嶺一潭澄，雙懸日月形。杵歌似湘瑟，寤醒數峰青。」先將「日月」與「潭」分開，一讚其澄，一美其形，再巧將原住民之「杵歌」，與唐代詩人錢起〈省試湘靈鼓瑟〉：「善鼓雲和瑟，常聞帝子靈。……曲終人不見，江上數峰青。」加以點化，剪裁立意，精妙異常。

細按其七言絕句〈得子取名小潛喜作〉：「弧矢懸門喜氣添，啼聲試罷爽慈嚴。逃名每羨淵明節，故把兒曹號小潛。」原來楊君潛之名，係因其父景仰陶潛「光明磊落」之「靖節」而命者，以剛出生，相對而言，遂稱「小」。李白、杜甫在古今詩壇，有若天上高懸之日月，其光芒何止萬丈？但卻無君潛如是幸運，有尊翁爲其創作意義深遠之命名詩，想必君潛亦將更邁向「古今隱逸詩人之宗」——陶公「風華清靡」之詩風而努力焉。

再閱其五言律詩〈南方澳曉望〉：「指顧仙臺外，東方曙色鮮。雙峰峙蘇澳，一水帶花蓮。鐵騎穿山過，漁舟出海旋。我來神社望，龜嶼景清妍。」南方澳位於蘇澳港南側，爲臺灣近海及遠洋漁船重要基地，漁獲量豐，係吾臺三大漁業重鎮最具風味之港口，遊人如織。臺灣中央山脈北起蘇澳之北方澳，經七星嶺轉西南至南方澳，接上從東澳嶺而來之烏岩角稜脈，南抵本島最南端之鵝鑾鼻。詩人登上炮臺山平臺之金比羅神社，正逢太平洋面日出奇觀，而南北方澳雙峰雄峙蘇澳港，氣象非凡。與花蓮僅一衣帶水之隔，車輛穿山而過，交通便捷。漁船進出作業，川流不息。結語以「神社」照應首句之「仙臺」，章法縝密，洵屬斲輪老手。再以清妍之龜嶼收尾，更覺餘味無窮。我因命中剋父，嬰兒時曾被大戶人家收爲養子，據云大哭大鬧三日夜，母氏不捨，前往抱回。緣二哥來此發展，至今年高九五，偶爾存問，曾經小住。又以北方澳、蘇澳亦有親舊，昔常往來，對其地理環境，印象清晰，相對拜覽巨源先生大作，特感熟稔而喜愛。

續品其七言律詩〈蘇澳即景〉：「蘭陽南盡此喉咽，大小艨艟繫屋前。峭壁重重環二澳，汪洋滾滾遠連天。龜峰勝跡千秋在，猿嶺奇巖萬口傳。最是清風明月夜，濤聲入耳調如絃。」雖然南澳鄉位居宜蘭最南端、又爲面積最大之轄區；但論兵家必爭之要衝，則非蘇澳莫屬。詩中二澳即南、北方澳，龜峰即龜山島，猿嶺則爲南方澳之猴猴鼻，舊稱賊仔澳，屬海峽斷層懸崖，奇巖絕美，沙灘日玻璃海岸，跋涉危險，釣客頗多，萬口相傳，一度成爲觀光景點。白晝既可壯觀怒濤激起千堆雪，但當清風明月之夜，又能耳聆美如管絃，不絕如縷之海浪聲，何吸引人也！

另外，其詩鐘有二百零七副，與僅遺之一百五十八首詩相較，不可謂不多，茲愼擇三對如下：

户懸蒲劍天中午，門換桃符節履端。（〈端午七唱〉）

栗里閒居忘爵祿，綿山靜隱不公侯。（〈隱居四唱〉）

韓愈南行天擁雪，江淹夜夢筆生花。（〈雪江蟬聯格〉）

大致能遵循清光緒十七年（一八九一年），唐景崧、丘逢甲等所定：「一、用典不可一句有典，一句無典。二、用古人姓名，不可一句有姓，一句無姓。三、女名禁對男名。四、時代忌相離太遠。五、忌作空句。六、兩句情事以相類爲佳。七、兩句必求相近，勿太不倫。八、虛字作實，方能對實字；實字作虛，方能對虛字。」八大原則。

尤有晉者，巨源先生在古稀壽慶時，曾發表〈七十自述〉於臺北《中華詩苑》暨彰化《詩文之友》，各地鷗盟酬和達一百七十五首；而哲嗣楊君潛以先宗關西夫子〈楊震〉爲題徵詩，應徵達二百六十四首。有子跨灶，聲望愈高。最後謹以清・陳田《明詩紀事》所引明儒・胡震亨之警句，製成聯對以作此篇序文之殿，聯曰：

明儒・胡震亨云：「詩道須前後輩相推引，李、杜兩大家，不曾成就一後進，無以稱多士龍門。」

今士・心月樓對：「人倫得友生間共遞承，源、潛賢喬梓，幸已展開佳生機，實堪許片心鳳彩！」

中華民國一百有八年十一月六日陳慶煌冠甫謹序於心月樓

陳序

陳麗蓮

宜縣蘇澳，港都風情，山川毓秀，民風淳樸，人才輩出，能以詩詞鳴世者，首推楊家。楊來富（一八七四～一九四五年），字風修，以捕魚爲業，兼以墾荒埔爲生，與妻子何純育有五子（長流、長福、長性、長泉、長發）三女（阿罕、阿鮂、阿屘），白手起家，克勤克儉，逐至於成。

楊家初居蘇澳頂寮里，昭和二年（一九二七年）遷居蘇澳鎮，雖非書香世家，但自楊來富起，極重漢學，雅好琴棋，熱心提倡漢文研究。

長子長流（一八九八～一九七三年），字巨源，少從名宿黃熾秀才遊，詩文根柢紮實。原以捕魚爲業，後經營菸酒雜貨，涉足工商界，仍不忘吟哦，日治時期，應蘇澳子弟要求設漢書房，鼓勵研習漢文。

四子長泉（一九〇九～一九八一年），字靜淵，服務於政商界，承父兄薰陶，專研漢學，受教於基隆李石鯨，活躍於詩壇，先後加入網珊吟社、登瀛吟社、大同吟社，扶持羅東東明吟社，創立蘇澳潮音（濤聲）吟社，以詩會友，廣結志士。

楊巨源與妻廖玉育有君銳、君仁、君潛、君甫、君五及燕如、燕蓮、燕霞、燕綿等五子四女，三子君潛號柳園承襲衣缽，雅好詩道，教學與創作不輟，對地方發展多所關注，珍藏手稿詩作，保留蘭陽詩壇可貴史料，用心之至，至誠至篤。

夫詩者在心爲志，發言爲詩，志之所之，心之所嚮，讀其詩，可想見其爲人。巨源先賢欣羨陶公之節，晴耕雨讀以自怡，不求媚人之榮華富貴，甘於書藏萬卷之菜根香，居於港都海畔矮屋斜，耽於朝日仙嶼伴詩家，樂山樂水吟詠自適。

蓋山川之秀麗，波濤之洶湧，朝夕之變化，天然之詩境也，巨源先賢之詩描繪蘇澳地景尤甚，〈南方澳曉望〉、〈蘇澳即景〉、〈蘇澳曉望〉、〈蘇澳晚眺〉、〈北方澳晚眺〉、〈登北方澳燈臺山作〉、〈遊北方澳偶作〉、〈自南方澳乘舟赴龜山作〉諸詩，以詩書寫地方，晨曦餘暉，漁港風光盡收眼中，光采耀人。

詩文爲國之華，亦時代之表徵，可珍可貴。然，荊山璞石，工匠不採，無以展其輝；滄海珊瑚，絲網不收，無以見其奇；騷人吟藻，手稿不存，何以垂諸久遠。吾人長期鑽研蘭陽傳統文學，關注地方史料蒐集，今蘇澳先賢楊巨源之作得以輯錄成書，廣爲流傳，實爲詩壇佳事，吾輩能綴數言，以弁其端，深感榮幸與惶恐，願拙文能闡發一二，俾益於讀者，當不負柳園師之所託。

己亥年臘月

頭圍　陳麗蓮敬撰

題詩

奉題《楊巨源先生遺稿》　鄧　壁

字字珠璣筆有神，鏗鏘一卷信堪珍。蒐來舊著成新著，留與今人念古人。
險路慣看疑在蜀，深山小住樂耕莘。最欽哲嗣能承緒，世代相傳道不貧。

奉題《楊巨源先生遺稿》　江　沛

一卷高吟海上藏，地靈人傑永垂芳。眼中有貨俱能飭，筆下無篇不可揚。
時見停車來問字，更多入座共稱觴。鯉庭早已圓詩夢，絳帳宏開道必彰。

奉題《楊巨源先生遺稿》　甯佑民

遺篇拜讀卷浮香，字字珠璣古道昌。扢雅揚風壇坫敬，遊山玩水屐藜忙。

商餘振筆舒襟抱，夜半挑燈寫故鄉。蘇澳增光欽碩彥，箕裘克紹讚賢郎。

奉題《楊巨源先生遺稿》

劉緯世

楊門自古傳忠孝，家學淵源詩禮誇。拜讀尊翁遺作後，文瀾浩瀚感無涯。

其二

尊翁遺稿篇篇錦，捧讀迴環滌我心。巨著源頭憑愛世，方能字字貴如金。

其三

柳園詩話內容豐，家世淵源自乃翁。邁古超今誰可繼？每宵必讀益無窮。

其四

翁獲麟兒錫字潛，冀公長大勿趨炎。自甘淡泊勤儒學，要繼淵明樂逸恬。

奉題《楊巨源先生遺稿》　賓碧秋

拜讀遺篇拍案驚，剽姚曠放羨開閎。從知積善家餘慶，雛鳳清於老鳳聲。

奉題《楊巨源先生遺稿》並序　楊　蓁

巨源詩翁，柳園楊君潛先生尊翁也。一門雙傑，皆儒者之師也。同門之光也。柳園集其遺稿付梓，敬讀欽遲。

巨擘長風雨露霑，源清流潔九徵兼。詩從雅士猶裁勝，翁自高賢但守謙。
遺韻千秋留逸響，稿封半世聳觀瞻。清吟比翼凌雲唱，賞羨鵬飛鯤起潛。

奉題《楊巨源先生遺稿》　耿培生

遺篇聲價振蘭東，萬斛珠璣一卷中。恰似千金留駿骨，眞如初日翕葵衷。
吉光片羽雞林重，宋豔班香藻思雄。莫道文章遭末世，扶輪猶有巨源公。

奉題《楊巨源先生遺稿》　唐謨國

伯公遺稿壽珂鄉，字字珠璣錦繡章。白雪陽春聲跌宕，敲金戛玉韻悠揚。
祖功宗德流芳遠，桂馥蘭芬福澤長。恤困周貧囊解助，詩書家世四知堂。

奉題《楊巨源先生遺稿》　黃冠人

夙世書香寶學酬，筆椽代繼詠名優。詩鐘獨別等閒對，澳誌偏非容易周。
喬梓文昌欽藝苑，騷風嗣響壯吟儔。搜尋半白年方竣，果是多磨好事求。

楊巨源先生遺稿

蘇澳巨源　楊長流著

五言絕句二首

日月潭

半嶺一潭澄，雙懸日月形。杵歌似湘瑟，寤醒數峰青。

偶感

記昨如童戲，今朝半白頭。浮生眞若夢，追想感悠悠。

七言絕句一〇八首

洪社長寶昆枉過

久別相逢一笑譁，南州詩伯過寒家。傾談契闊忘移晷，不道西窗月已斜。

讀騷經

一卷三閭志節揚，千秋九畹芷蘭香。憂讒句讀情何限，梅雨漫天弔國殤。

其二

委屈無言問彼蒼，忠而被謗斷柔腸。美人香草百回讀，哀郢懷沙感恨長。

春秋筆

褒貶端憑一管揮，亂臣賊子豈能違。微言大義布方冊，光燄長爭日月輝。

其二

貶褒一字足嚴威，善惡分明正是非。慨嘆筆收麟現後，千秋空自仰遺徽。

王粲

依劉終不稱心懷，身世飄零嘆事乖。倒屣相迎空負蔡，登樓作賦感無涯。

杜牧之

老杜詩研格律嚴，風流韻事史難芟。本家荀鶴是其子，人盡皆知但口緘。

憶蘭

棲身空谷品無雙，躡足循陔情更惓。我欲靈根移九畹，好教香氣襲芸窗。

垂釣

石磯西畔靜垂絲，漫賞魚兒潑剌時。只爲忘機寧釣譽，襟懷惟有海鷗知。

山寺曉鐘

蒲牢際曉響仙岑，幽韻傳來棖觸深。今日大千人盡醉，願教一杵醒迷沈。

烈士血

豈爲封侯願捨軀，浩然正氣貫雲衢。黃花崗上斑斑跡，留與人間作楷模。

祝李汪河先生新居落成

獨占春光第向陽，喬遷五世卜其昌。美輪美奐軒環翠，橐筆風來句也香。

祝陳仁清先生大廈落成

美輪美奐聳雲霄，瞰海尋詩興味饒。南北青峰雙對峙，東來紫氣暮連朝。

祝高之慎先生當選蘇澳碼頭工會理事長

才華卓越氣縱橫，德懋謙沖是俊英。會運從茲知大展，勞資雙慶博佳評。

颱風

狂風暴雨雹雷交，萬戶貲財一夕抛。多少哀鴻悲露宿，可憐卵覆已無巢。

過西勢大湖

翠柏蒼松雨後新，一湖風月四時春。最憐卅里紅塵隔，別有桃源好避秦。

哭岳父廖叢老人四首

斯翁福壽竟難全，善積慶餘疑浪傳。忽聽里鄰歌薤露，忍看子廢蓼莪篇。

其　二

壽享人間八十年，飴含孫弄樂怡然。詎知二豎忽侵襲，藥石無靈慟館捐。

其　三

忠厚傳家梓里尊，做人清白訓兒孫。彌留猶聽諄諄誨，惡小無為是至言。

其　四

誠實鄉鄰早豔稱，循規蹈矩啓親朋。何堪化鶴歸天去，遺像迴看淚欲崩。

輓玉珠內弟婦仙逝五首

含飴未遂竟身捐，棄子拋夫劇可憐。忍聽翁姑悲咽處，一聲哭媳一聲天。

其　二

相夫治內並堪稱，奚忍匆匆返上庭。拋下雙親三子女，傷心日夜咽無停。

其三

和洽親鄰有定評，殷勤內助見眞情。好人畢竟遭天妒，卌六年華了一生。

其四

婦言婦道合規箴，孝行廉貞德可欽。豈意良醫難續命，沈痾弗起痛偏深。

其五

徒聞積善必安康，純孝憐渠遽死亡。天佑善人終是妄，幾多横逆世其昌。

送舍弟靜淵東遊

十月好風發遠揚，大和船快到扶桑。此行賞遍櫻花地，應得新詩載滿囊。

呈邱嚴君

不獨藝精字亦精，能詩能畫久傳名。漫嗟孔道衰頹日，後起憑君一柱撐。

北遊雜詠

其一——金瓜石鑛業工場

轆轤車下萬坑深，建設工場費匠心。旋轉萬機驚客膽，果然將石點成金。

其二——圓山動物園

猛獸良禽集一園，奇花異卉蔚成村。我來絕頂憑高望，數點燈光近夕昏。

其三——北投

久聞勝地不虛傳，又值春光二月天。沙帽七星雙翠麗，溫泉浴罷快如仙。

其四——詣指南宮

巍巍神殿矗高崗，四面青山盡向陽。一瓣心香稽首拜，虔祈國運與天長。

偶感

搔首蒼天訴不平，緊余獨自苦勞生。看他多少橫行輩，偏享人間富且榮。

其二

荏苒光陰轉瞬過，閒中渡日感蹉跎。卅年未遂雄飛志，時不待人將奈何！

暴風雨感作

海浪如山膽正寒，霎時風雨起無端。瓦飛屋倒田流失，肆虐封姨不忍看。

歸頂寮祭掃感作

去年到此是初秋，今日歸來感未休。減盡村中幾父老，增來塚上數荒坵。

其二

世事如雲看變幻，人生若夢等蜉蝣。功名富貴終何益？畢竟惟爭土一坵。

輓　林祈露夫子

凶耗傳來逝老師，默然無語只空悲。斯人應詔修文去，遺像愁看暗淚垂。

遊北方澳偶作

矮屋參差傍海邊，門前流水勝良田。一年四季魚豐獲，眞個生涯好釣船。

北方澳晚眺

山彎深處幾漁家，偃蹇柴門傍水涯。向晚江中偏好景，嵐光帆影入眸斜。

登北方澳燈臺山

燈臺東外有仙臺，此日登臨眼界開。萬里平洋看未盡，漁翁打網子相陪。

蘇澳曉望

仙臺絢麗日初紅，白米峰頭曙色通。絕好清晨憑遠眺，江村如在畫圖中。

得子取名小潛喜作

弧矢懸門喜氣添，啼聲試罷爽慈嚴。逃名每羨淵明節，故把兒曹號小潛。

小兒試周喜作

晬會開時喜倍添，盤中羅列矢弧兼。好奇看汝抓何物？吉兆端憑此一瞻。

漁翁

日日江邊結鷺鷗，竹竿自喜勝王侯。得魚沽酒心何樂，千古嚴公第一流。

其二

竹竿簑笠不離身，連日逍遙立海濱。快樂神仙誰得似？忘機鷗鷺自相親。

送同鄉諸友從軍

軒昂壯志出疆場，立得奇功答聖皇。延佇凱歌歸唱日，榮施同郡有餘光。

自南方澳乘舟赴龜山

明滅江流一葉舟，遙看龜嶼景清幽。會同梓里十餘輩，共上尖峰一日遊。

龜山眺望

天然一島海中浮，四面汪汪景色幽。絕好龜頭尖上望，基隆草嶺眼中收。

時妝女

長衫剪髮詡時潮，脂粉輕施又束腰。莫笑揚州狂杜牧，爲他我亦暗魂消。

蘇澳晚眺

碧海蒼茫照夕曛，波光掩映水成紋。南方北澳燈初上，返棹漁舟擁似雲。

過農村偶感

十里鄉村盡稻禾，老農稼穡苦勞多。要知一飯來非易，粒粒艱辛眾力和。

喜君聘宗兄過訪賦呈

十年握別各西東，今日重逢喜靡窮。莫漫滄桑興廢感，且將詩酒以開衷。

感懷

韶華逝水去難留，馬齒徒增卅二秋。萬物逢春皆得意，笑余仍對雪霜頭。

喜晤諸友賦呈次韻

今宵何幸結詩緣，恰值花開二月天。有酒有花須盡醉，管教謔浪笑詩仙。

過次弟墓感作

欲共事親願已非，那堪一別永相違。即今重過池邊路，風景淒淒對夕暉。

烏江憶項王

追尋往事覺心酸，高祖無情太忍殘。強迫英雄成自刎，烏江千古水猶寒。

其二

滔滔一水望悠悠，往事追懷感未休。蓋世英豪竟如此，空教霸業付東流。

臨海道路

海道崎嶇蜀道同，千山萬嶺半空中。開成一線人稱便，誰念當時啓鑿功。

車過清水

花蓮遙望路漫漫，絕壁懸崖萬疊山。回首試看車過處，一身如在白雲間。

賀黃鶴松君新婚

今宵才子會佳人，誓海盟山話入神。一夜牀中情萬種，三生石證老彌親。

偶作

鬼神誠敬在心香，何用燒豬更宰羊。陋習於今宜改革，免教腐物穢詩腸。

姪兒君鵬從軍喜作

姪兒年少赴長征，爲國勤勞答聖明。待看凱歌歸唱日，老夫門第自光榮。

遊北方澳

夕陽曬網在門前，潮落潮來事釣船。教子但知能盪槳，生涯總把海爲田。

其二

昔是柴門矮屋斜，而今樓閣鬥繁華。登盤美味魚蝦蟹，怪底人多慕海涯。

訪火全詞友賦呈

驅車重訪故人鄉，飲酒敲詩興倍長。多謝郇廚好風味，歸來十日齒猶香。

和范良銘先生新居原韻

箕湖風景若仙間，四面青山水一灣。榕樹成陰花滿徑，此中寄傲足清閒。

其二

湖山安穩足煙霞，松菊婆娑月影斜。最羡數株垂柳碧，居然栗里舊陶家。

蘇澳即景

水光山色日悠悠，南北雙峰海面浮。神社仙臺饒勝概，登高自可豁吟眸。

關羽

義氣春秋達聖賢，誓扶漢室志彌堅。可憐一中奸人計，長使英雄恨滿天。

關羽辭曹

去來明白世爭誇，事嫂如兄更可嘉。賜印封侯難奪志，千秋大義仰關家。

清明日感作

佳節清明偶踏青，野田荒塚盡悲聲。紛紛兒女啼兼泣，訴出哀情不忍聽。

大理石

漫道雲南石質良，猴鳴一角更堪揚。山川錦繡天然景，水火凝成似點蒼。

山居

榕陰十畝足耕莘，不向繁華學媚人。晴去耕畦閒即讀，菜根書味自怡神。

遊斗六雜詠

驅車覽勝到雲林，直指高峰踏翠岑。四面青山流水調，聲聲絕似廣陵琴。

梅山

梅山湖上玉虛宮，刻石雕樑氣象雄。我亦心香虔默禱，回天神佑蔣元戎。

湖山岩

怡情直上最高山，踏遍諸岩意自嫻。古檜參天拱蕭寺，如遊仙境興難刪。

其二

湖山岩上碧雲間，佛殿莊嚴遠市闤。悟到玄機與禪理，萬千塵慮一時刪。

示兒

立德修身作指南，富貧由命我何慚。硯田無稅宜勤讀，有味詩書苦後甘。

武荖坑

武荖坑中景色殊，天公廟畔柏千株。老夫更有遊山趣，撥霧登高竹杖扶。

偶感

書中有玉總言差，悞我青衫鬢已華。讀破舊藏書萬卷，終年鹽米暗咨嗟。

項羽

重瞳力大鼎能扛，立楚除秦氣未降。不聽范增安國策，江山畢竟屬劉邦。

郊遊雜詠

攬勝郊垌二月天，春光明媚柳含煙。山花亦解遊人意，鬥豔爭妍放滿前。

高雄紀遊

驅車探勝到高雄，旗鼓雙峰瑞氣融。恰值花開春二月，無邊光景爽吟衷。

其二

天然佳景一湖新，照眼櫻花入夢頻。莫戀風光無限好，此身猶是未歸人。

其三

港口恢宏締壯猷，碼頭大廈冠瀛洲。勞工今日稱神聖，水陸功巍拚出頭。

嘉南紀遊

聖母靈龕喜共參，沿途玩景到嘉南。西螺虎尾都遊遍，絕好風光日月潭。

祝盧炎輝五秩榮壽

欣逢大衍値新春，壽宴宏開酒味醇。賀客滿堂齊獻壽，華封五福頌頻頻。

偶占

攜孫堂上笑含飴，閒步庭階杖一枝。門外百花嬌欲滴，老夫即興寫蕪辭。

重陽賞菊

九日黃花蕊正妍，佳辰踏遍小籬邊。出牆虎爪枝枝豔，惹我心懷快若仙。

嘉南憶舊

無端風送到嘉南，咫尺天涯阻笑談。明月樓頭懷舊侶，詩敲獨酌寂何堪。

其二

劇憐老驥又南奔，每到蟾圓念故園。舊雨幾人常入夢，何當重與笑談論。

留春

東皇駕返感無涯，柳線終難繫去驊。從此芳園誰作主？空餘惆悵嘆飛花。

其二

青帝辭權御六車，餞留祖道感何賒。最憐苑裡多情蝶，猶自殷勤戀落花。

落花風

三月狂號夜達晨，捲來紅紫最愁人。願教青帝長爲主，毋使封姨逞肆頻。

其二

瑟瑟封姨逞暮春，嫣紅遭厄委灰塵。東皇駕返誰爲主，萬點飄來感慨頻。

鄭子產

愛民也惠本天眞，諫晉文章大義陳。兼濟猛寬遺訓在，千秋治政仰斯人。

輝楢宗弟招飲即席次韻

宗親共學契深知，此日重逢喜不支。訴盡年華容易過，相看兩鬢各成絲。

錄元唱

與兄冊載忝相知，倒屣恭迎樂不支。今日辱臨期一醉，管教鬢髮白如絲。

五言律詩十三首

汨羅月

江頭紛客思，明月出湘巫。影照懷沙處，光凝哀郢區。
清輝千里共，皎潔一輪孤。夜色空如畫，滄桑感慨俱。

其二

霜天明似晝，皎月出湘隅。曾閱彭咸死，應憐賈誼吁。
滄桑看變幻，秦楚見亡俱。宋玉哀號日，招魂照得無？

遊臺中公園

二月韶光好，園遊興未降。嬉春名士屐，泛水美人艭。
騁目花千朵，開懷酒百缸。中臺留勝跡，景色世無雙。

遊日月潭

八景鼇頭占，明潭譽久隆。山幽懸日月，客萃振騷風。
南浦應非匹，西湖未是雄。杵歌聞斷續，遊覽興無窮。

《詩文之友》十八年回顧

創刊年十八，聲價重全臺。筆戰屠龍手，詩登吐鳳才。
中興憑力倡，大雅賴扶培。萬斛珠璣麗，詞章獨占魁。

蘇澳飛船

汪洋駛飛艇，矯健似蛟龍。利市時無匹，生財日萬鍾。
乘風健腰腳，破浪豁心胸。閱閱尤關切，投資興趣濃。

春秋筆

一管參天地，亂臣賊子驚。褒忠情切實，貶惡理分明。
修史無私斷，刪詩有正評。麟經昭百世，蛾術識權衡。

蘇澳晚眺

放眼仙臺外，蒼茫夕照斜。龍潭斜照外，龜嶼落霞遮。
海角看歸鷺，山中見暮鴉。數帆先後返，風景最堪嘉。

諸葛武侯出師表

臣言忠竝義，聖德有耶無？邊塞先平定，中原自可圖。
兩番陳討伐，一刻莫踟躕。後主言能納，何難滅魏吳。

和炳臣君南方澳曉望原韻

極目荒濤外，曈曈旭氣騰。崦嵫看落月，神社認殘燈。
石鼻閒雲散，龜峰薄霧興。車過臨海路，紅日正初昇。

南方澳曉望

指顧仙臺外，東方曙色鮮。雙峰峙蘇澳，一水帶花蓮。
鐵騎穿山過，漁舟出海旋。我來神社望，龜嶼景清妍。

寒江釣雪

雪積滿滄江，漁翁興未降。恕忠長貫一，名利久忘雙。
波動魚饞餌，簑披月映艭。漫云乏高士，姜尙建周邦。

圓山謁忠烈祠

圓山祠藻薦，開國仰英豪。征伐非干祿，艱危不憚勞。
功成天地動，命革鬼神號。蹟踣全仁義，千秋氣節高。

七言律詩三十五首

家慈七秩內祝與四弟靜淵同作

母年七十樂無涯，色養還慚子道虧。天降麻姑頒壽酒，星輝寶婺耀門楣。
治家操臼雙胼手，戲綵娛親一展眉。寸草春暉猶未報，琮琦兄弟是豚兒。

七十自述

守拙田園亦快哉，工商涉獵罷初回。兒孫繞膝心常樂，花草盈庭手自栽。
且與漁樵稱莫逆，也同鷗鷺共追陪。行年七十身逾健，地北天南任去來。

註：按此詩於一九六七年，刊登臺北《中華詩苑》暨彰化《詩文之友》。渥蒙全省各地騷壇耆宿，不恪珠玉，紛紛賜和。計得詩一七五首，其中不乏素昧平生者，其感人若此。宜蘭縣《蘇澳鎮志・楊長流作品選》詳載此事，合記之。（《蘇澳鎮志》詳附件一；全部和詩詳附件二）

四十述懷

虛度光陰四十年，追懷往事等雲煙。文章有點難鳴世，歲月無端付逝川。
身似櫟樗宜濩落，心期鷗鷺共流連。比來悟得蒙莊諦，坐忘榮枯命在天。

其 二

荏苒韶華似擲梭，欲修學業付蹉跎。菲才忝作秋風客，僨事宜嗤春夢婆。
知己兩三心願足，行年四十鬢霜多。爲詩自審乏天賦，櫜筆期無落臼窠。

于右老清風亮節

右老文章集大成，清風兩袖博佳評。生前吐哺爲人範，歿後羹牆翕眾情。
手澤法書昭藝苑，口碑道德載鯤瀛。即今共仰公高節，讀史論勳孰與京。

陳縣長進東有詩見貺次韻誌謝

種杏栽桃樂晚年，利名富貴等雲煙。政施蘭邑仁和合，譽滿鯤溟德學全。
才氣縱橫頌於世，精神矍鑠錫由天。際茲百廢俱興日，稍受清閒賦錦篇。

其二

書傳青鳥值新春，車笠無忘類古人。眾羨樂山兼樂水，我欽醫國復醫民。
修身不伐惟三省，治縣推誠尚五倫。餘事辭章猶卓越，吟成白雪筆如神。

《詩文之友》十五周年憶舊

中興一幟樹彰城，十五年來發正聲。文繼韓蘇扢騷雅，詩承李杜振鯤瀛。
珠璣百萬勞兼採，鷗鷺三千賴主盟。詩繼福臺功繼沈，興觀群怨慶初成。

劉邦

一自長城起義兵，除秦滅楚救蒼生。斷蛇氣魄千秋壯，逐鹿才華蓋世英。
澤被萬方功可頌，恩施四海德堪賡。寬洪大度能容眾，四百邦基帝業成。

註：本詩榮獲詩文之友社徵詩第一名。

其二

斷蛇起義氣縱橫，赤帝司權白帝驚。胤嗣唐堯徵後裔，俎看皇考忍中烹。
納言吐哺迎張老，決策忘餐聽酈生。雄傑宜膺居九五，要知王業本天成。

陳天賜先生古稀壽慶其長子銀圳君當選蘇澳區漁會理事長暨其長孫吉席宏開綺筵賦此誌盛

三喜臨門盛典儀，福星朗朗照庭楣。迎來淑女宜家室，選出英才裕國基。
合晉流霞長壽酒，應吟窈窕二南詩。主持漁會心公正，廉潔賢能播海湄。

端午書懷

滿園榴火迓端陽，梅雨漫天角黍香。爲賦新詩邀鷺侶，共酬佳節醉蒲觴。
艱難苦恨違當道，侘傺流離問彼蒼。競渡龍舟風尚古，湘纍憑弔感何長。

二三知友枉過喜作

門外欣停長者車，文星朗朗照吾家。對牀夜雨情何限，剪燭西窗興倍加。
人自忘機詩不俗，室臨益友酒頻賒。笑談往事弗知倦，直到樓頭月影斜。

羅　東

北迴重鎮數羅東，日日繁榮物產豐。南接冬鄉抵蘇澳，北連蘭市達基隆。
街衢街術人稠密，文教工商地適中。百廢俱興猶未已，庶民殷富樂融融。

松齡（祝壽）

大夫覽揆壯邦畿，鱗甲重重四十圍。歷盡滄桑更遒勁，飽經霜雪益光輝。
武侯古柏同遺愛，召伯甘棠合並依。今日騷壇齊祝嘏，九如章獻萃珠璣。

海上生明月

萬頃汪洋浮玉鏡，嫦娥出浴態彌憨。星光掩映蟾光露，桂影迷離兔影涵。
詩詠蒹葭千里共，柬邀鷗鷺一樽酣。觸棖魏武短歌句，烏鵲無依空向南。

蓮塘步月

菡萏飄香策杖遊，清輝良夜水悠悠。千莖似傘池中舉，一顆如珠葉下浮。
見月思鄉杜工部，臨塘憶舊韋蘇州。行吟不覺天將曉，對影成三感未休。

蘭東聽雨

重陽纔過旅蘭城，欹枕頻聞滴瀝聲。東望龜峰雲蔽日，南看龍井霧遮晴。
淋漓夢擾眠難得，泥濘愁思步不行。料是彼蒼多用意，催詩潤物兩關情。

蘇澳港

蜃市樓臺眾口傳，荒濤萬頃接遙天。卻看漁港兼商港，更訝先賢啓後賢。
日夕交通南北貨，風煙掩映去來船。最憐泉冷甲天下，遊客紛紛乞一廛。

蘇澳漁港

魚蝦獲量冠中華，戶口年年倍蓰加。餐館千家忙日夜，轎車萬輛接煙霞。
腥風捲地人安臭，簫鼓喧天客笑譁。除卻蓬萊無此景，名揚國際信非誇。

溪居

草堂卜築米橋西，四面青山任品題。活活水流心不競，澄澄月近志思躋。
一枝已足鷦鷯願，五夜無勞杜宇啼。省識寸陰休浪擲，詩書泛覽待鳴雞。

蘇澳曉望

群峰際曉色青蔥，吟眺人來興靡窮。破浪舟爭馳海上，穿山車競入雲中。
七星嶺畔氤氳繞，八里分尖瑞氣融。極目港門天外望，扶桑萬里日輪紅。

和炳臣書懷原韻

廿載奔勞百感加，劇憐開口漸無牙。成群稚子身皆健，垂老雙親鬢欲華。
三徑未荒陶令菊，滿園多種故侯瓜。林泉歸去書堪讀，差喜玲瓏玉不瑕。

蘇武

胡地風霜辱牧羊，和親奉使姓名揚。廿年紫塞甘持節，一片丹心空望鄉。
落盡旄頭臣節在，拭乾淚眼主恩長。餐旃漫說身辛苦，彪炳功勳策漢皇。

敬和炳臣君冬旅次茫茫坑瑤韻

茫茫山遠望巍峨，雲樹重重阻笑歌。舊夢與君情更切，新詩惠我喜偏多。
光陰容易將經歲，日月奔馳等逝波。學劍學書無一就，老來空嘆奈天何！

項羽

力能扛鼎眼重瞳，黠說成王是此雄。豈意虛張空武勇，詎知本性不寬洪。
子嬰忍殺惹民怨，義帝逆誅遭敵攻。致使江山如畫餅，自羞無面見江東。

清明即事

園林桃李盡情開，郊野風光晝不來。攜子哭夫淚流面，掃塋拜祖紙飛灰。
驕妻乞祭誠堪笑，不祿甘焚實可哀。莫怪賢愚難辨處，蓬蒿滿眼遍山隈。

逭暑次水裡坑諸吟友韻

春風未幾又薰風，節序推移氣不同。人慣趨炎偏得意，我將避暑翕幽衷。
遠山梧葉連天碧，曲沼荷花映日紅。最是綠陰安枕簟，管教赤帝日烘烘。

蘇澳即景

蘭陽南盡此喉咽，大小艨艟繫屋前。峭壁重重環二澳，汪洋滾滾遠連天。
龜峰勝跡千秋在，猿嶺奇巖萬口傳。最是清風明月夜，濤聲入耳調如絃。

訪大趕先生賦呈

驅車重訪舊知交，燕舞鶯吟噪樹梢。促膝談心吐珠玉，開心飲酒盡珍餚。

春晴柳眼窺芳徑，雨霽虹腰掛碧坳。遮莫晚鐘鳴野寺，興酣詩律細推敲。

子卿歸漢

廿載艱辛困外夷，歸來聖主喜兼悲。聽笳頭戴南冠日，持節心縈北闕時。

羊窟風霜雖受足，麟臺圖畫得揚眉。漢家豪傑知多少，獨羨公勳百世垂。

奉祝皇紀二千六百年

二千六百大皇基，一系相承萬世垂。錦繡江山呈瑞靄，衣冠文武拜丹墀。

歡呼聲響雲霄徹，浩蕩恩覃雨露滋。佳節喜頒新體制，帝威赫赫感無涯。

清明偶占

閒步郊坰感萬千，北南哀哭訴連天。纔過禁火酬佳節，又值攜樽掃墓田。
乞祭齊人猶可笑，焚身晉士最堪憐。纍纍荒塚皆相似，難辨賢愚但愴然！

謁新莊王母娘娘廟

極目新莊景色幽，漢溪環繞水長流。觀音嶺上祥雲現，王母祠前瑞氣浮。
聖德巍峨人競仰，神靈顯赫客爭求。我來禱祝無他願，早滅妖氛靖九州。

遙拜中山陵

虔誠致敬備香醪，來弔孫公一代豪。帝制推翻留偉績，民權創立展雄韜。
寢陵遙拜懷先烈，遺囑完成繫我曹。默禱英靈長庇護，早教中土靖兵刀。

詩鐘二〇七副

山月魁斗格

月旦開樽傾北海，花朝祝嘏頌南山。

月白風恬龍嘯海，河清人壽鳳鳴山。

月朗星輝魚戲水，雲深霧重豹藏山。

水沙比翼格

汨水屈沈神鬼泣，長沙賈貶古今愁。

姜公渭水周多福，賈誼長沙漢寡恩。

眠沙瀏鷘欣何限，戲水鴛鴦樂靡窮。

公德二唱

至公天下稱堯舜，大德人間頌仲尼。

詩酒五唱

姬伯化民詩載冊，紂王失政酒爲池。

冬日六唱

尼父文章昭日月，董公史筆凜冬霜。
兩鬢霜華愁日暮，一肩書劍勵冬寒。
收京策決今冬起，復國功成指日來。
尼父德高昭日月，岳王義重凜冬霜。

生命比翼格

生逢亂世才難展，命到窮時志愈堅。
天命無違明聖德，人生有勇是英才。

元旦七唱

茅舍傾樽欣逹旦，騷壇拔幟喜掄元。
虎將沙場戈待旦，騷人壇坫筆爭元。
興周立德稱公旦，復漢精忠頌士元。

心戰四唱

嚼雪堅心持漢節，臥薪苦戰破吳營。
誠意正心推孔孟，運籌決戰記孫吳。

拒齊論戰稱曹劌，系楚關心頌屈原。

端午七唱

靈均汨水冤沈午，賈誼長沙怨發端。

戶懸蒲劍天中午，門換桃符節履端。

荔香比翼格

啖果忘餐偏憶荔，畫花雖好不聞香。

旅雁蟬聯格

塞外風霜悲隻雁，旅中煙雨嘆孤舟。

閨中殷盼傳書雁，旅次愁看返棹人。
閨中屢盼雲邊雁，旅次時懷夢裡人。

午煙七唱

客裡驚聞雞報午，旅中怕見柳含煙。

書道四唱

鑄鐵焚書秦惡滿，行仁立道漢恩隆。
日遞降書天數盡，漢行王道帝恩覃。
刺股攻書憐季子，嘔心憂道頌周公。
赤松得道參天地，黃石遺書顯漢邦。
漫嗟世道奸邪甚，且喜經書正義揚。

舜堯仁道興家國，孔孟經書化世人。

詩史五唱

李白仙才詩百首，董狐鐵筆史無私。

風雨六唱

飄零湖海酸風外，墜落煙花苦雨中。
共戴堯天新雨露，同霑舜日舊風光。
黃香打虎英風振，蘇武牧羊苦雨侵。

秋雲魁斗格

秋蟬樹杪悲殘夕，塞雁天邊咽暮雲。

石松比翼格

黃石公書興漢祚，赤松子訣滅秦邦。

松有堅心堪記節，石能點首豈稱頑。

松徑林邊逢隱士，石磯江畔問漁人。

盆松得秀根仍屈，頑石雖愚性亦靈。

中秋月．重陽菊分詠格

九日黃花開爛漫，滿天素魄放光輝。

題糕佳節東籬豔，攀桂良宵玉宇明。

詩癖單詠格

萬事無關忙唱和，一生有趣樂吟哦。

文化魁斗格

化民姬伯維新命，教子燕山訓古文。
化民姬伯行仁道，教子燕山重義文。
化及夷邦推孔子，收回漢土記孫文。
化橋渡海神仙訣，作賦登壇士子文。
化民我愛師姬伯，復國誰能效晉文。

師友二唱

酧師守墓推端木，助友分金記叔牙。

益友始終心不二，良師自古眼無偏。
交友漫論貧與富，尊師惟要禮和恭。

花雨四唱

悞墜煙花愁命薄，更遭風雨嘆身孤。
瑞日瓊花呈白玉，旱天甘雨滴黃金。

詩文魁斗格

文嚴司馬無私筆，句雅周南有二詩。

桃葉五唱

曼倩奉親桃獻壽，成王戲弟葉封桐。
楊柳含煙桃浥露，葵花向日葉朝天。
紅杏迎春桃浥露，綠蕉滴雨葉凝珠。

夏雲六唱

曲沼綠荷開夏日，淇園翠竹聳雲霄。
寶島溫和無夏暑，神州暗淡遍雲煙。
遍地榕陰遮夏日，一團桂魄燦雲霄。
照眼榴花開夏日，開懷松樹聳雲霄。

秋夢單詠格

神遊湘水鱸方美，魂擾巫山月正圓。

神飛塞外西風急，魂返江東南浦遊。

菊酒分詠格

發明儀狄堪稱祖，暱愛陶潛是可人。

月下梅鼎足格

月中攀桂才非下，雪裡尋梅志益高。

梅放庭前花映月，菊開籬下蕊凝霜。

月中丹桂仙禽下，嶺上寒梅處士探。

月明霜菊開籬下，雪凍寒梅放嶺頭。

月中丹桂香飄下，嶺上寒梅夢寐中。

喜春一唱

喜共酒朋傾舊釀，春同吟侶寫新詞。
春酒同斟歌舜日，喜筵共慶樂堯天。
春秋定禮追先聖，喜雨題亭憶老髯。

落花風鼎足格

風吹梧葉階前落，雪映梅花嶺上開。
花遭暴雨芳心落，柳解春風媚眼舒。

鶴樓三唱

松與鶴龜三並壽，柳垂樓閣兩兼幽。
聽經鶴放通禪理，賞月樓登憶故鄉。

隱居四唱

山無仙隱高還俗，水有龍居淺亦靈。
渭水閒居周逸士，富春漁隱漢高人。
日暖新居來玉燕，春回小隱聽金鶯。
錦屏雙隱棲鸞鳳，銀漢分居隔女牛。
栗里閒居忘爵祿，綿山靜隱不公侯。
淵明退隱惟培菊，和靖閒居獨愛梅。
綿上巖居悲母子，首陽山隱痛夷齊。

煙水五唱

神州舉目煙雲惡，大地傷心水火深。
劇憐身墜煙花裡，堪嘆人居水火中。
褒姒滅周煙火舉，禹王興夏水河治。

文酒七唱

夏禹立心嚴戒酒，蘇秦刺股苦攻文。
陶潛栗里惟耽酒，杜甫夔州只論文。

秋燕晦明格

燕巢屋角春初暖，雁叫天中月正圓。
喜燕簾前巢舊壘，哀鴻塞外咽涼天。

王謝門前來紫燕，柏松樹杪咽寒蟬。
雙燕差池覓烏巷，孤鴻飛返戰金風。

樂天蟬聯格

家中和睦雙親樂，天下昇平萬姓歡。
人才英俊邦家樂，天氣和融燕雀歡。
人育英才心自樂，天生豪俊氣難量。
國泰民安無限樂，天清月朗不勝歡。

遊夢比翼格

綠水青山懷舊夢，清風明月憶曾遊。

元日魁斗格

日懷壯志堅扶漢，時抱雄心誓滅元。
日浮東海添詩料，星耀南天益壽元。
日親周士推公旦，時勵漢師記士元。
日讀詩詞懷子美，夜觀文史憶宗元。
日傾美酒酹佳節，夜舉明燈慶上元。
日嘆霜華侵兩鬢，時欣詞賦占雙元。
日懸文虎酬佳節，夜舞金龍慶上元。

荷風一唱

荷池兩岸千株柳，風雨長江一葉舟。
風浪翻濤千朵白，荷花浮沼一池紅。
荷放池塘錢萬疊，風吹滄海浪千重。

獅子二唱

舉子才高登甲第，雄獅勢猛吼山河。
才子登科名顯世，雄獅出谷勢驚人。
教子讀書揚後世，舞獅弄劍鬧新春。

月球雲泥格

地球旋轉定明晦，月窟朔望分缺圓。
月窟光輝三五夜，地球旋轉萬千年。
浪說唐皇遊月窟，更傳張子上星球。
月窟當年人未到，星球今日世能登。

龍門躍鯉碎錦格

溟窟長潛仍是鯉，禹門一躍便成龍。
雲際翻龍疑鯉幻，敵前躍馬定旌門。
弄璋門外懸雙鯉，考舉場中躍一龍。
龍游淺水嬉遭鯉，犬躍深門寵受人。

曉鐘三唱

獅嶺鐘聲禪理悟，龜峰曉色畫情生。
雨港曉煙籠草嶺，寒山鐘韻響楓橋。
龜嶼曉煙迷海面，龍山鐘韻醒塵寰。
東瀛曉色千峰翠，西竺鐘聲萬戶春。

水雲五唱

慨嘆人情雲覆雨，驚看地震水沖天。
瀛洲舉目雲霞遍，大陸傷心水火深。
赤壁當時雲亦暗，烏江此日水猶寒。
薊北愁看雲帶霧，江南空對水連天。
半嶺虹懸雲幻影，大江船過水無痕。
科學能施雲雨播，專家難制水風恬。
神州愁見雲煙蔽，寶島欣聞水調喧。
大鵬空際雲舒翅，乳鴨庭前水濯頭。
羨他人醉雲霞裡，憐彼身居水火中。
劇憐鴻雁雲邊咽，卻羨鴛鴦水上眠。

逸勞六唱

能從父命無勞怨，欲答君恩不逸逃。
人生厄困何勞怨，天道循環得逸安。

少年雲泥格

年小愛吟梁父句，秋深怕聽少陵詩。
少歲讀書懷報國，暮年治政愛親民。
大禹頻年勤帝業，少康廿載復邦基。
大禹頻年忙治水，少康廿載策收邦。
夔府少陵吟落日，歷山大舜濟饑年。
少日雙肩家國負，老年兩鬢雪霜侵。

雪江蟬聯格

庭前梅蕊迎冬雪，江畔蘆花戰朔風。
薊北名山欣賞雪，江南勝地好遊春。
韓愈南行天擁雪，江淹夜夢筆生花。
堂上雙親頭染雪，江間孤叟手搖舟。
薊北欣看梅映雪，江南喜見柳含煙。
月照寒潭波映雪，江流碧海水翻花。
嶺梅冬日凌霜雪，江柳春風帶曉煙。

江梅雲泥格

梅放嶺頭知歲近，楓飄江上覺秋深。
一嶺梅花同雪白，滿江楓葉似霞紅。
江南柳絮隨風舞，薊北梅花帶雪開。

江邊楓葉隨風落，嶺上梅花帶雪開。
雪白梅香懷庾嶺，鱸肥膾美憶吳江。
江邊楓葉紅如錦，嶺上梅花白似銀。
嶺上梅花呈白雪，江邊楓葉燦紅霞。
嶺上霜凝梅映雪，江間風捲浪滔天。

花酒一唱

花獻禪龕參佛理，酒傾壇坫結詩緣。
花放東籬陶令醉，酒傾北海孔融娛。
花言說到靈臺動，酒性胡來爵祿捐。
花貌潘安稱玉貌，酒仙李白是詩仙。
酒席佳人愁月暗，花枝粉蝶戀春晴。
花街柳巷應嚴戒，酒館章臺總莫親。

酒性傷人鋒比劍，花言說客利如刀。

春雨二唱

夜雨西窗同剪燭，暮春曲水共流觴。
暮春柳絮隨風舞，夜雨桃花逐水流。
陽春岸草風吹綠，霽雨江楓夕照紅。

詩讖三唱

逸仙讖舉三民定，子建詩吟七步成。
愛國詩吟懷杜甫，滅清讖舉仰孫文。
二水詩聲聞卦嶺，五峰讖影耀湯城。
工部詩昭唐史冊，淮陰讖耀漢山河。

文人詩詠蒹葭句，武將幟懸龍虎符。
漢時幟拔推韓信，宋代詩佳數陸游。

鶴香四唱

樓題黃鶴仙無跡，爐炷清香佛有靈。
憐傷療鶴懷支遁，披卷焚香讀楚辭。
孝子焚香祈母壽，逸人放鶴養天年。
寺古檀香時不斷，山深猿鶴日相隨。
我亦焚香祈國泰，人因放鶴避塵囂。
玉宇天香散金粟，孤山靈鶴放逋仙。
東山放鶴蘇髯記，北苑沈香李白詩。
秉燭焚香登佛殿，建亭放鶴隱東山。
善不焚香神亦庇，閒而放鶴性能恬。

武昌黃鶴樓無跡，西竺清香寺永存。

天地五唱

志誠豈怕天張網，心正何愁地設牢。
笑我飄零天外客，羨君矍鑠地行仙。
善人自古天將護，瘠土於今地變肥。
衡陽八月天橫雁，塞北三冬地積霜。
杏綻御園天化雨，梅開庾嶺地凝霜。
探月自應天有路，升空誰見地安梯。
父慈子孝天倫樂，夫順婦從地步寬。
悲見神州天黑暗，欣看寶島地溫和。
靈雞唱處天將曉，石燕飛時地亦陰。
聖道長存天降瑞，人才輩出地繁榮。

秋水六唱

諸葛瀘溪遭水毒，杜陵夔府歷秋霜。
劇憐子美悲秋淚，深嘆靈均墜水亡。
傷時杜甫悲秋淚，憂國屈原墜水亡。
岸上樓臺函水月，江中舟艇戰秋風。

露珠七唱

求食艱如蟬吸露，謀生曲似蟻穿珠。
極易晞時花上露，最難尋處海中珠。
御苑百花齊得露，滄江一網盡收珠。
浮生恰似花間露，人世難尋海底珠。
金莖霄漢承甘露，碧月滄江泣寶珠。
林苑奇花萃瀼露，騷壇健筆寫聯珠。

風動芙蓉花帶露，月明楊柳葉垂珠。

壽花五唱

春回上苑花如錦，頌獻高堂壽比山。

卻羨陶公花滿徑，劇憐顏子壽偏乖。

露濕淇園花有韻，籌添海屋壽無疆。

跋

楊君潛

粵自先考棄養，已四十有七年矣。其遺作稽延至今始裒爲一集，非敢怠忽也，乃因其生前未留底稿。幸承利澤簡賴福炎父執面授其所抄錄所得二四七首（副），另從網路蒐集日據時代《詩報》所載三十八首，餘八十首（副），覼縷言之，半由余旅居臺北時，先考示兒書中所錄存者；半由余間嘗回家時所抄得者。都三六五首（副）。然則，其所存者，如斯而已，其所佚者，或將倍蓰，豈不痛哉！

蓋嘗竊言之，人生無以爲寶，言行以爲寶。如能片言留傳於世，亦差堪告慰先考於九原矣。爾乃付諸剞劂，用遂區區之願焉。渥蒙百歲人瑞當代名書法家賓碧秋先生惠予題耑並題詩，東吳大學教授許清雲先生、淡江大學教授陳慶煌先生、佛光大學教授陳麗蓮女史等三博士贈序；中華民國古典詩研究社創社理事長鄧　璧先生、春人詩社前社長江　沛先生、中華民國古典詩研究社前理事長甯佑民先生、中華大漢書藝協會前理事長劉緯世先生、楊　蓁先生、大漢詩社社長耿培生先生、當代書法泰斗百歲人瑞唐謨國先生、傳統詩學會副理事長黃冠人先生等九大老題詩，俱辭妍黃絹，調鏗綠綺，憑添無上光彩。仰企雲情，彌深紉感，敬伸謝忱。

緊余既未能善讀父書於先，復不能克紹家學於後，庸庸碌碌，蹉跎歲月，虛度光陰。詩云：「缾之罄矣，維罍之恥。」讀聖賢書，所學何事？而今而後，悔莫曁矣！午夜思惟，不勝感慨系之，爰綴數言，以誌愆慝焉。

楊長流（一八九八～一九七三年），字巨源，楊來富之長子，一九二七年，隨父遷居蘇澳，原以捕魚爲業，後改經營煙酒雜貨。少從名宿黃熾秀才遊，詩文根柢紮實，涉足工商界，仍不廢吟哦。日治時期曾承父命，設漢書房於蘇澳，鼓勵人研習漢文化。

三子楊君潛在追憶先人時稱，其父「恤貧周困，解囊助人，望重鄉里。」其文望亦重士林。一九六七年，《詩文之友》及《中華詩苑》刊出其〈七十自述〉詩，詩友和詩一百七十五首。此外，楊君潛以〈楊震〉爲題徵詩，計有二百六十四首應徵。詩壇名望可見一斑。

七十自述

守拙田園亦快哉，工商涉獵罷初回。兒孫繞膝心常樂，花草盈庭手自栽。

且與漁樵稱莫逆，也同鷗鷺共追陪。行年七十身逾健，地北天南任去來。

蘇澳飛船

汪洋駛飛艇，矯健似蛟龍。利市時無匹，生財日萬鍾。
乘風健腰腳，破浪豁心胸。闤闠尤關切，投資興趣濃。

蘇澳港

蜃市樓臺眾口傳，荒濤萬頃接遙天。卻看漁港兼商港，更訝先賢啓後賢。
日夕輸通南北貨，風煙掩映去來船。最憐泉冷甲天下，遊客紛紛乞一廛。

蘇澳漁港

魚蝦獲量冠中華，戶口年年倍蓰加。餐館千家忙日夜，轎車萬輛接煙霞。
腥風捲地人安臭，簫鼓喧天客笑譁。除卻蓬萊無此景，名揚國際信非誇。

得子取名小潛喜作

弧矢懸門喜氣添，啼聲試罷爽慈嚴。逃名每羨淵明節，故把兒曹號小潛。

蘇澳曉望

群峰際曉色青蔥，吟眺人來興靡窮。破浪舟爭馳海上，穿山車競入雲中。

七星嶺畔氤氳繞，八里分尖瑞氣融。極目港門天外望，扶桑萬里日輪紅

小兒試周喜作

晬會開時喜倍添，盤中羅列矢弧兼。好奇看汝抓何物，預兆端憑此一瞻。

山居

榕陰十畝足耕莘，不向繁華學媚人。晴去除畦閒即讀，菜根書味自怡神。

和范良銘先生新居原韻

箕湖風景若仙間，四面青山水一灣。榕樹成陰花滿徑，此中寄傲足清閒。

其二

湖山安穩足煙霞，松菊婆娑月影斜。最羨數株垂柳碧，居然栗里舊陶家。

喜君聘宗兄過訪賦呈

十年握別各西東，今日重逢喜靡窮。莫漫滄桑興廢感，且將詩酒以開衷。

感懷

韶華逝水去難留，馬齒徒增卌二秋。萬物逢春皆得意，笑余仍對雪霜頭。

喜晤諸友賦呈次韻

今宵何幸結詩緣，恰值花開二月天。有酒有花須盡醉，管教詎浪笑詩仙。

呈邱嚴君

不獨藝精字亦精，能詩能畫久傳名。漫嗟孔道衰頹日，後起憑君一柱撐。

送舍弟靜淵東遊

十月好風發遠揚，大和船快到扶桑。此行賞遍櫻花地，應得新詩載滿囊。

過次弟墓感作

欲共事親願已非，那堪一別永相違。即今重過池邊路，風景萋萋對夕暉。

北遊雜詠四首

其一——詣指南宮

巍巍神殿矗高崗，四面青山盡向陽。一瓣心香稽首拜，虔祈國運與天長。

其二——圓山動物園

猛獸良禽集一園，奇花異卉蔚成村。我來絕頂憑高望，數點燈光近夕昏。

其三——金瓜石礦業工廠

轆轤車下萬坑深，建設工場費匠心。旋轉萬機驚客膽，果然將石點成金。

其四——北投

久聞聖地不虛傳，又值春光二月天。紗帽七星雙翠麗，溫泉浴罷快如仙。

暴風雨感作

海浪如山膽正寒，霎時風雨起無端。瓦飛屋倒田流失，肆虐封姨不忍看。

偶感

搔首蒼天訴不平，緊余獨自苦勞生。看他多少橫行輩，偏享人間富且榮。

和炳臣書懷原韻

廿載奔勞百感加，劇憐開口漸無牙。成群稚子身皆健，垂老雙親鬢欲華。

三徑未荒陶令菊，滿園多種故侯瓜。林泉歸去書堪讀，差喜玲瓏玉不瑕。

溪居

草堂卜築米橋西，四面青山任品題。活活水流心不競，澄澄月近志思躋。
一枝已足鷦鷯願，五夜無勞杜宇啼。省識寸陰休浪擲，詩書泛覽待鳴雞。

訪火全詞友賦呈

驅車重訪故人鄉，飲酒敲詩興倍長。多謝郇廚好風味，歸來十日齒猶香。

歸頂寮祭掃感作

去年到此是初秋，今日歸來感未休。減盡村中幾父老，增來塚上數荒坵。

其二

世事如雲看變幻，人生若夢等蜉蝣。功名富貴終何益，畢竟惟爭土一坵。

逭暑次水裡坑諸吟友韻

春風未幾又薰風，節序頻遷氣不同。人慣趨炎偏得意，我將避暑納幽衷。
遠山梧葉連天碧，曲沼荷花映日紅。最是綠陰安枕簟，管教赤帝日烘烘。

蘇澳即景

蘭陽南盡此喉咽，大小艨艟繫屋前。峭壁重重環二澳，汪洋滾滾遠連天。
龜峰勝跡千秋在，猿嶺奇岩萬口傳。最是清風明月夜，濤聲入耳調如絃。

臨海道路偶成

海道崎嶇蜀道同，千山萬嶺半空中。開成一線人稱便，誰念當時啓鑿功。

車過清水

花蓮遙望路漫漫，絕壁懸崖萬疊山。回首試看車過處，一身如在白雲間。

四十感興

虛度光陰四十年，追懷往事等雲煙。文章有點難鳴世，歲月無端付逝川。
身似櫟樗宜濩落，心期鷗鷺共流連。比來悟得蒙莊諦，坐忘榮枯命在天。

清明即事

園林桃李盡情開，郊野風光畫不來。攜子哭夫淚流面，掃塋拜祖紙飛灰。
驕妻乞祭誠堪笑，不祿甘焚實可哀。莫怪賢愚難辨處，蓬蒿滿眼遍山隈。

家慈七秩內祝與四弟靜淵同作

母年七十樂無涯，色養還慚子道虧。天降麻姑頒壽酒，星輝寶婺耀門楣。
治家操臼雙胼手，戲綵娛親一展眉。寸草春暉猶未報，琮琦兄弟是豚兒。

奉祝皇紀二千六百年

二千六百大皇基，一系相承萬世垂。錦繡江山呈瑞靄，衣冠文武拜丹墀。
歡呼聲響雲霄徹，浩蕩恩覃雨露滋。佳節喜頒新體制，帝威赫赫感無涯。

訪大趕先生賦呈

驅車重訪舊知交，燕舞鶯吟噪樹梢。促膝談心吐珠玉，開心飲酒享珍肴。
春晴柳眼窺芳徑，雨霽虹腰掛碧坳。遮莫晚鐘鳴野寺，興酣詩律細推敲。

過農村偶感

十里鄉村盡稻禾，老農稼穡苦勞多。要知一飯來非易，粒粒艱辛眾力和。

姪兒君鵬從軍喜作

姪兒年少赴長征，爲國勤勞答聖明。待看凱歌歸唱日，老夫門第自光榮。

遊北方澳偶作

昔是柴門矮屋斜，而今樓閣鬥繁華。登盤味美魚蝦蟹，怪底人多慕海涯。

其二

夕陽曬網在門前，潮落潮來事釣船。教子但知能盪槳，生涯總把海爲田。

附錄二

一九六七年楊長流巨源「七十自述」唱酬集（筆劃序）

七十自述　蘇澳　楊長流

守拙田園亦快哉，工商涉獵罷初回。兒孫繞膝心常樂，花草盈庭手自栽。
且與漁樵稱莫逆，也同鷗鷺共追陪。行年七十身逾健，地北天南任去來。

次韻　溪湖　丁酉山

人生七十豈稀哉，醫術如今春可回。堂上椿萱身善攝，階前蘭桂手親栽。
能吟隱逸君堪仰，健腳登攀我奉陪。同是天涯飛倦鳥，忍從藏拙望將來。

次韻　宜蘭　方坤邕

林泉樂道亦悠哉，嵐氣松風午夢回。不老椿萱榮第茂，騰芳蘭桂滿庭栽。
三千色相蓮花麗，七十吟身野鶴陪。煮茗西窗閑歲月，更歡蔗境返甘來。

次韻　臺北　王怡庵

婆娑歲月興悠哉，商戰誰如奏凱回。得耀鱣堂欣有種，成蹊桃李樂培栽。
詩家司業合同調（唐楊巨源字景山，官國子司業。工詩善敘事，年七十致仕故云。），酒國聯歡可許陪。料想登龍應不遠，相親更喜右丞來。

次韻　暖暖　王雪樵

舉案齊眉最美哉，九天日月送清回。蘭馨桂馥盈庭秀，李艷桃嬌繞屋栽。
山水怡情詩作伴，歌詞得意酒相陪。文場白戰精神爽，矍鑠登壇拔幟來。

次韻　埔里　王梓聖

得無拘束樂何哉，不管滄桑變幾回。鏡水稽山憑意向，春桃秋菊聽心裁。
閑時煮茗邀朋坐，興即敲詩與鷺陪。眼底已然空色相，何殊天降謫仙來。

次韻　蘇澳　王春連

七十華齡益健哉，工商譽滿好收回。經書一部燈前課，詞賦千篇筆裏裁。
此日壽星雙煥彩，今宵高客共欣陪。稱觴齊獻南山頌，舞綵兒孫對對來。

次韻　臺北　江紫元

萬事從心亦快哉，甘同蔗境逐時回。煙霞供養椿萱茂，蘭桂長沾雨露栽。
紀壽書懷瞻玉潤，淡交祝嘏作詩陪。相牽挽手何需杖，國土無邊任往來。

次韻 新竹 朱杏邨

稀齡介壽自悠哉，綵舞萊衣羨幾回。三角亭中絃管鬧，四知堂畔柏松栽。
兒孫繞膝含飴樂，伉儷齊眉笑語陪。此日新莊人祝嘏，詩星拱照現如來。

次韻 臺北 李嘯庵

老健逢辰得意哉，稀齡定卜享雙回。胸中有錦隨心織，句上如花任筆栽。
攬勝礁溪朋作伴，談玄密日子趨陪。家承伯起蘭陽住，克紹光前奕世來。

次韻 大溪 李傳亮

古稀上壽頌康哉，更喜商場勝算回。肥沃田園堪自作，騰芳蘭桂是親栽。
羨君風雅開三徑，老我詩心思一陪。他日識荊如許願，東洲村路杖藜來。

次韻　臺南　李登源

林泉嘯傲遂心哉，杖國優遊任去回。繞砌桂蘭聯馥郁，滿墻桃李善培栽。
麟經博得襟懷爽，鳳岫曾叨几席陪。清白高風承伯起，眉齊鶴髮頌詩來。

次韻　臺南　李實

磅礴靈椿氣壯哉，海天浩瀚數游回。弘農一脈高人出，桃李千株信手栽。
縟麗瑤章深仰止，步趨聖闕許追陪。騷壇碩彥推前輩，裙屐聯翩祝嘏來。

次韻　臺北　李逸鶴

矍鑠是翁亦快哉，田園修隱賦歸回。古稀雙壽齊眉樂，珠樹三珠親手栽。
桂郁蘭馨欣競秀，詩朋酒友喜追陪。重開壽宇期頤日，準擬登堂祝嘏來。

次韻　口湖　李丁紅

龍馬精神實健哉，騷壇每見奪魁回。才華蓋世三墳讀，興致超凡五柳栽。
擊鉢場中鷗鷺契，含飴膝下子孫陪。古稀壽宴宏張日，自有安期獻棗來。

次韻　臺北　李天鷙

才追猗頓亦賢哉，逐鹿商場載譽回。歲月消閒詩細剪，襟懷洒落菊蘋栽。
樂山自有騷人伴，酌酒寧無野老陪。七秩欣逢開壽讌，更聞青鳥獻桃來。

次韻　臺北　何亞季

杖國懸弧吉慶哉，故鄉歸隱錦衣回。春風桃李環千樹，花卉梅松繞萬栽。
毫管釣竿閑自樂，鷗朋鷺侶喜親陪。騰芳蘭桂全家福，矍鑠吟軀待客來。

次韻　關西　沈梅岩

垂老幽居至樂哉，品茶閒賞味重回。庭前玉樹臨風立，階下芝蘭繞砌栽。

知己何妨常讌飲，同心恰好共遊陪。應知杖國元稀世，幾許滄桑閱歷來。

次韻　關西　余鳴皋

市隱逃名亦快哉，不殊袖惹御香回。芝蘭馥郁庭前茂，桃李繁榮舍後栽。

鷗鷺相親霞靄共，漁樵作伴酒詩陪。從心所欲神仙侶，智水仁山任往來。

次韻　龍井　余述堯

高隱農莊暢快哉，腰纏萬貫錦衣回。椿萱茂盛雙眉壽，蘭桂芬芳兩手栽。

北極星輝欣共照，南天日耀喜同陪。金婚瑞氣華堂繞，海屋籌添一並來。

次韻　關西　余錫瓊

從心所欲快心哉，樂隱田園得意回。桂子蘭孫階下秀，奇花異草院中栽。
吟風弄月聯鷗侶，玩水遊山喜鶴陪。伉儷榮偕雙壽慶，羨君領點舞衣來。

次韻　臺北　余冠英

鴻圖大展亦賢哉，名利雙收稛載回。競秀鱣堂桃李馥，騰芳蘇澳桂蘭栽。
鷺鷗有約懷情至，風月無邊任意陪。祝嘏稀齡呈俚句，星輝婺煥降祥來。

次韻　臺北　吳鏡村

步上青雲亦快哉，騷壇奪錦每榮回。春風化雨心常樂，桃李滿園手自栽。
壽比南山長不老，樽傾北海喜叨陪。人生七十方開始，報國文章得意來。

次韻　白河　吳宜歷

稀齡紀壽羨悠哉，秀句飛來誦幾回。萬卷詩書驚讀破，四時花草樂閑栽。
兒孫滿眼飴含弄，伉儷齊眉案舉陪。裙屐聯翩欣祝嘏，雙星朗照獻祥來。

次韻　頭城　吳淵泉

棄賈從農亦美哉，繁華閱盡故鄉回。慈憐睦族人欽仰，積善行仁德自栽。
晚景兒孫欣獨秀，暮年伉儷喜相陪。龍門泉石香山月，舊雨新知樂往來。

次韻　白河　吳信德

松樹長青實快哉，騷人艷說介眉回。李桃競秀環枝馥，蘭桂騰芳繞幹栽，
露飲忘機天地闊，龍吟有伴鷺鷗陪。干霄謖謖雲中立，一自秦封百代來。

次韻 朴子 吳雲鶴

昭仁著德古稀哉，會友頻繁去復回。沃壤田園歡力稼，成陰蘭桂贊培栽，
交遊翰墨緣深訂，聯詠采詩喜共陪。仰禱壽齡添卅載，期頤盃薦紫霞來。

次韻 白河 吳武力

極婺雙輝實絢哉，華封三祝載欣回。桂蘭競秀心恆樂，桃李騰芳手自栽。
獻頌登堂駿客萃，敲詩賞景雅人陪。便便腹笥經綸富，積善之家福自來。

次韻 白河 吳李青桃

七十人生實壯哉，天南地北任環回。漁樵莫逆消閒樂，桃李成蹊昔日栽。
百慮俱忘鷗鷺狎，五經下酒聖賢陪。白河到處堪娛目，何日吟旌稅駕來？

次韻　白河　吳思賢

秀句吟成亦快哉，燈前洛誦幾千回。雲霞餐飲椿逾茂，歲月消閒菊廣栽。
嘯詠頻增山水色，遨遊獨得鷺鷗陪。四知令德承家訓，瑤韻賡聲遠近來。

次韻　白河　吳修瑄

祝壽賡聲亦快哉，人生蔗境喜甘回。漁樵莫逆心常樂，桃李成陰手自栽。
託意寓情天地外，遊山玩水子孫陪。籌添七秩身逾健，純嘏知君有自來。

次韻　白河　吳修德

遯隱新莊亦快哉，安仁宏道娛顏回。漁樵八九神交樂，桃李三千手澤栽。
幟拔騷壇人敬仰，名揚鯤島眾趨陪。四知一脈承家訓，德壽宜膺自古來。

次韻　白河　吳眞瑋

紀壽瑤章至美哉，迴環洛誦夢初回。桂蘭喜見前庭茂，桃李欣看昔日栽，
身世曾經滄海變，山川閱歷鷺鷗陪。際茲蔗境彌甘日，俚句羞余武韻來。

次韻　白河　吳甑爨

龍馬精神矍鑠哉，稀齡不老且童回。琴樽喜共漁樵與，庭砌悠然桃李栽。
詞賦潛研無鵠念，江山嘯詠有鷗陪。家承伯起聲蜚遠，餘慶皆由積善來。

次韻　臺北　卓夢庵

悠遊林下樂乎哉，繞膝弄孫日幾回。並植金英三徑艷，交柯玉樹滿庭栽。
瓊筵晉爵人稱壽，玉杖扶鳩鶴共陪。眞是德門家有慶，天教五福一齊來。

次韻　金湖　邱水謨

林泉樂趣亦悠哉，工界商場梱載回。最喜瑤階觀綵舞，不關滄海把桑栽。

山川秀氣椿萱茂，詩酒陶情鷗鷺陪。杖國遐齡雙祝嘏，微誠敢獻小詞來。

次韻　過溝　宗儒士子

堪羨詩翁矍鑠哉，力能杖國把天回。歡聯鷗鷺同心契，秀茁桂蘭一手栽。

致仕香山圖既繪，談詩北海酒相陪。古稀壽屆人爭頌，慈惠常施福自來。

次韻　臺中　周俊卿

縱橫湖海亦悠哉，名利雙收得意回。滿架詩書宜雨讀，一庭花草趁春栽。

稀年伉儷齊眉樂，終日兒孫繞膝陪。嘏祝椿萱長不老，麻姑晉酒入堂來。

次韻　二林　周時木

子孝孫賢日樂哉，相隨觀稼覓詩回。鵬摶霄漢身曾歷，德種閭閻手自栽。
七十仁翁歡唱和，三千騷客喜追陪。共行善事無疆壽，福似源頭活水來。

次韻　基隆　林金標

優遊杖履樂康哉，眼看中秋七十回。椿樹長青千歲茂，萱花永綠百年栽。
兒孫舞綵欣同慶，鷗鷺聯吟喜共陪。此日雙星齊燦爛，騷人遐邇送詩來。

次韻　臺北　林笑岩

年逢杖國慶悠哉，創業功成豈一回。閣下身如松柏健，陔前手把桂蘭栽。
鳧鷗結契原非俗，翰墨交遊且奉陪。最好吾儕長矍鑠，期頤再會賦詩來。

次韻　臺北　林子惠

工商發跡洽心哉，早日功成衣錦回。七秩夫妻天護佑，滿庭蘭桂手培栽。
筵開北海擎杯祝，曲和南飛眾友陪。可喜君家多福壽，四知演派溯源來。

次韻　宜蘭　林本泉

龍馬精神健壯哉，古稀華誕慶初回。椿萱齊美千秋歷，蘭桂呈芳一手栽。
壽並河山長不老，詩聯鷗鷺永相陪。重增三十懸弧日，我復登堂祝嘏來。

次韻　礁溪　林萬榮

踏義行仁偉大哉，古稀伉儷慶雙回。化龍潑刺魚常養，栖鳳扶疏竹自栽。
秘術駐顏欽獨得，優遊遠足喜相陪。怡情且效柴桑叟，抱膝長吟歸去來。

次韻　臺中　林謙庭

壯年貿易計悠哉，早日功成衣錦回。萬卷詩書欣有繼，四時花木喜親栽。
靜參聖道精神爽，閒向名山杖履陪。好是交遊無俗客，高堂祝嘏鷺鷗來。

次韻　草屯　林惠民

耽吟運典思深哉，鯉化龍騰綺夢回。繞膝芝蘭登藝苑，盈門桃李倚雲栽。
聞歌桂殿尋詩侶，踏雪燕山附輦陪。七秩朱顏欣矍鑠，八仙座上老翁來。

次韻　蘇澳　林坤燦

綵舞堂前至善哉，純甘蔗境老初回。窗啣東海祥雲繞，籬傍南山瑞菊栽。
處世以誠人共仰，稱觴祝嘏我叨陪。籌添七秩臻嵩壽，遐邇瑤章競賀來。

次韻　臺中　林達仁

商場久歷克難哉，今喜功成得意回。清白傳家稱世範，松梅養性滿庭栽。

詩書爲侶耽吟詠，伉儷和諧笑語陪。年屆稀齡欣祝嘏，南山獻瑞入堂來。

次韻　莿桐　林萬舉

望高山斗久欽哉，得意商場稇載回。堂茂椿萱娛日永，階馨蘭桂倚雲栽。

鶴籌添算吟身健，鴻案相莊杖履陪。雙慶古稀春不老，霞觴祝嘏客頻來。

次韻　大溪　林曉峰

稀齡歸隱亦悠哉，樂水樂山日幾回。興處堪饒詩酒樂，閒時更把菊梅栽。

香傳庾嶺春無限，蕊放紫桑艷可陪。此日欣逢純嘏慶，期頤獻頌擬重來。

次韻　彰化　洪寶昆

君身仙骨不凡哉，滄海揚塵閱幾回。旗鼓騷壇心益壯，春風桃李手勤栽。

鹿車偕隱三生願，山水優遊一笑陪。清白傳家人盡望，誰知福慧夙修來？

次韻　仲港　洪　福

天爵勤修自快哉，從心所欲得榮回。星輝帨設聯雙喜，桂馥蘭芬迭數栽。

矍鑠未忘松竹勁，優遊竟許鷺鷗陪。佇看鶴算杖朝日，應有瑤姬送菓來。

次韻二首　臺東　洪耀如

退隱家鄉樂快哉，清風兩袖賦歸回。平生慷慨親和睦，處世慇懃桂自栽。

舉案齊眉欣到老，稱觴長壽喜相陪。聯歡詩酒延年頌，杖履香山任往來。

其　二

並茂椿萱益壯哉，故園歸隱錦衣回。千秋歲月身長健，八百桑榆手自栽。
蘭桂呈芳齊克紹，琴書燦熳共追陪。華封遙祝稱觴日，裙屐聯翩拜壽來。

次韻　新莊　施勝隆

古稀雙慶樂悠哉，得意商場衣錦回。雅愛詩書時展誦，閒修花草日分栽。
滿門洋溢親相揖，繞膝熙和笑語陪。矍鑠人間松柏健，相膺天眷一齊來。

次韻　臺中　施少峰

鴻案相莊亦美哉，田園同往又同回，無人不頌雙身健，有子能吟一手栽。
壽域共登詩祝嘏，騷壇重晤酒追陪。稀齡矍鑠精神爽，一杖於邦任往來。

次韻　臺東　施振益

古稀雙慶樂何哉，酒晉麻姑日幾回。德劭才高垂眾範，蘭馨桂馥出親栽。
九如章賦遐齡頌，百歲筵開末席陪。翹首新莊誠致意，佳音切記及時來。

次韻　彰化　高泰山

汝士驚才雋妙哉，卻教元白首低回。金婚歡度齊眉慶，丹桂香飄信手栽。
酒晉流霞宜共醉，詩賡禿筆勉相陪。佳兒繼述尤堪羨，競獻岡陵祝嘏來。

次韻　高雄　高文淵

矍鑠如翁實壯哉，春秋佳日輒低回。幽尋勝景留心賞，雅愛名花把手栽。
令節稱觴蘭桂盛，新詩祝壽鷺鷗陪。觀音山喜良宵賞，風月無邊入眼來。

次韻　宜蘭　高宗驥

杖國遐齡氣壯哉，天教靈運斗星回。霞杯共慶齊眉樂，蘭桂頻添一手栽。瞰海談經欣自適，騷壇作賦喜追陪按楊長流先生自署其書齋曰：「瞰海樓」。行看龍馬精神健，祝嘏群鷗濟濟來。

次韻　内壢　馬亦飛

南窗寄傲亦悠哉，閒策吟筇帶月回。堂署四知遵祖訓，門垂五柳慕陶栽。放懷不逐燕鶯老，高詠還多鷗鷺陪。天錫稀齡春正好，名山勝景任遊來。

次韻　臺北　徐錫美

商罷歸耕最快哉，無心勢利羨君回。庭前玉樹高風仰，籬外梅花亮節栽，拈韻敲詩鷗鷺集，論交話舊主賓陪。精神矍鑠前程遠，竊效華封祝賀來。

次韻四首　五結　張火金

天爵於人豈偶哉，老而家境愈甘回。居安白屋春常暖，宅傍青山樹久栽。
書案茶香孫問惑，騷壇筆戰子追陪。年華預祝添三十，壽酒重斟百歲來。

其　二

身外無求最樂哉，任他地轉與天回，心能專向人恆逸，菓是從因我去栽。
把筆有時聊遣興，吟旌到處競追陪。欣逢七秩慶雙壽，爰寫微詞祝福來。

其　三

識世知時亦大哉，商場美夢早驚回。閒中有興詩消遣，靜裏無聊花且栽。
按劍彈冠羞並論，擔簦跨馬幸同陪。年高身健耽風雅，正好文壇大展來。

其　四

苦學成功大矣哉，將衰文運賴撐回，布衣傲世消閒福，桃李盈庭次第栽。
三澳風光爭點綴，五洲才子仰追陪，書香天子麒麟種，兒女工詩繼父來。

次韻　五結　張火全

矍鑠精神孰比哉，瀛堧山水盡遊回。窗前綠柳祥煙滿，屋畔青松健手栽。

子繼書香君有幸，家承清白眾欣陪，籌添七十稱觴日，遐邇嘉賓祝福來。

次韻　三重　張晴川

古稀雙慶羨悠哉，老隱漁村得意回。蘭桂騰芳欣自沃，芝蘭繞砌喜親栽。

書香世代吟聲繼，忠厚傳家笑語陪。此日騷壇同祝嘏，林泉清福賦歸來。

次韻　嘉義　張清輝

懸弧設帨快悠哉，座有春風得意回，極婺光輝聯戶映，桂蘭馥郁滿庭栽。

詩徵楊震人爭仰，酒晉麻姑客共陪。此日古稀雙祝嘏，鳳凰兆卜獻儀來。

次韻　臺北　張高懷

七十而翁益壯哉，長庚落地正春回。詩吟父子因風起，手把松梅共竹栽。
赤壁吹簫瞻仰止，懸河注水說追陪。初唐四傑盈川命，野鶴閒雲自去來。

次韻　斗六　張立卿

躬耕隴畝樂歸哉，事業功成衣錦回。點頷問安蘭桂茂，修身養性菊松栽。
逍遙山水心猶壯，嘯傲林泉酒作陪。七秩人生欣矍鑠，騷朋雅友遠方來。

次韻　雙溪　連溪水

恩同再造敢忘哉，祝嘏聲中遠道回。不老椿萱欣益茂，三千桃李感勤栽。
河山並壽登堂頌，子女娛親戲綵陪。所欲從心逢此日，騷人濟濟獻詩來。

次韻　新竹　郭茂松

古稀筵敞興悠哉，勇退商場得意回。老戀青燈深夜讀，早經丹桂滿庭栽。
芒鞋先我尋詩著，花徑因君載酒陪。北望故園靈氣毓，四知堂外好風來。

次韻　臺北　莫月娥

四知聲譽卓優哉，鶴算頻添第幾回。小助詩情沽酒去，多藏春色買花栽。
身閒杖履時行樂，膝繞兒孫影共陪，他日期頤雙再慶，登堂獻頌客重來。

次韻　新化　悟心上人

塵勞初罷最悠哉，游入陶朱夢裏回。朵朵園花含露笑，欣欣桃李倚雲栽。
陸詩江賦誰能匹，白雪陽春孰與陪？杖國金剛身不壞，卻疑仙骨脫胎來。

次韻　北投　倪登玉

懸弧宴啓盡歡哉，共慶籌添七十回。滿架詩書逢雨讀，一庭桃李向晴栽。
南山壽頌賓朋濟，北海樽傾子弟陪。恭待杖朝華誕日，登堂獻棗喜重來。

次韻　頭城　莊芳池

功成名遂賦歸哉，海屋籌添七十回，甲子花紅當日種，神仙草綠倚雲栽，
兒孫戲綵歡呼頌，鷗鷺稱觴笑語陪。我願靈椿臻上壽，共扶鳩杖喜重來。

次韻　宜蘭　莊木火

世事休關實快哉，眞如五柳賦歸回。椿萱並茂春長在，蘭桂齊香手善栽。
玩水遊山堪自賞，吟風醉月好相陪。古稀又得天倫樂，十萬黃金買不來。

次韻　臺中　莊南民

功成歸隱亦悠哉，萬事從心蔗境回，玉樹臨風欣得意，芝蘭繞砌喜親栽。

經書飽覽詩詞富，山水優遊杖履陪，七秩稱觴雙壽慶，佳辰祝嘏鷺鷗來。

次韻　五結　陳阿發

海內知名久矣哉，騷壇拔幟幾經回。桂蘭競秀連堦馥，桃李成陰繞屋栽。

壽慶南山期必赴，尊傾北海醉當陪。自慚句俚詩無味，也獻華堂祝嘏來。

次韻　羅東　陳丙丁

鬢尚未皤腳健哉，忘機風月笑遲回。奇花異卉庭前秀，古檜蒼松屋畔栽。

作賦弟兄稱莫敵，奪標父子共追陪。華齡喜再添三十，壽宴重開百歲來。

次韻　羅東　陳燦榕

道德文章有裕哉，登堂祝嘏醉遲回。門重綠柳情難已，庭秀高槐喜自栽。
絳帳生春人仰望，騷壇拔幟子追陪。待添三十期頤壽，舞綵兒孫次第來。

次韻　豐原　陳公愚

羨煞如翁矍鑠哉，古稀康健得春回。蘭香桂馥庭前賞，李秀桃芳檻外栽。
鷗鷺聯歡心願足，漁樵莫逆酒詩陪。再加卅載期頤晉，純嘏旻天自錫來。

次韻　臺北　陳琴州

肯堂肯構熾昌哉，大德經商稇載回。今日仙桃承露熟，萬年瓊樹倚雲栽。
兒孫戲綵階前舞，極婺齊輝天上陪。藉祝椿齡歌百福，七旬慶衍賦詩來。

次韻　臺北　陳綽然

唱隨願遂樂何哉，共渡春秋七十回。子肖孫賢身作則，桃蕃李盛自培栽。

功成喜與赤松隱，名就欣追黃石陪，伉儷同臻無量壽，可知夙世並修來。

次韻　蘇澳　陳玉枝

七十齡過益壯哉，吟身矍鑠等春回。傳家翰墨心常快，繞砌芝蘭手自栽。

宧海談經名士俊，紗窗暖酒老妻陪。佇看天錫期頤日，祝嘏衣冠滾滾來。

次韻　三重　陳福助

稀齡樂命意悠哉，孺慕陶朱載譽回。宴啓華堂欣嘏祝，花開良苑素心栽。

含飴喜逗賢孫戲，扶杖優遊野鶴陪。詩頌南山身矍鑠，無疆壽獻八仙來。

次韻　臺中　陳慶輝

老尚耽詩亦快哉，騷壇奪錦笑顏回。田園毓秀娛心樂，蘭桂騰芳著力栽。
祝嘏親朋欣互慶，稱觴鷗鷺喜相陪。懸弧設帨全家福，再待杖朝獻頌來。

次韻　臺北　陳曉綠

浩然能養亦優哉，成趣花園涉幾回。爲國治家高度計，蘭孫桂子小心栽。
怡情樂志詩書共，玩水遊山杖履陪。堪羡古稀更康健，期頤遂後即時來。

次韻倒疊瑤韻　臺北　陳曉綠

日遣光陰迅往來，古稀慚我亦叨陪。畢生工作徒兒伴，半世辛勞桃李栽。
未得賦詩如杜甫，焉能修養似顏回。身心雖健人難信，壯志而今安在哉？

次韻　員林　陳昭明

山水優遊亦快哉，古稀雙壽慶春回。高堂白髮相爭祝，老圃黃花得意栽。
閒讀經書堪悅性，聯歡詩酒好追陪。從心所欲身彌健，馳騁騷壇任往來。

次韻　關西　陳昌宏

伯起家聲偉大哉，高年德蔭果因回。祥和既寵膺天錫，福慧全從心地栽，
進酒稱觴欣有伴，尋章覓句喜相陪。人生七十初開始，願祝雙星朗照來。

次韻　白河　陳碧珠

矍鑠而翁不老哉，中天極婺慶春回。且看蘭桂盈庭馥，原是先生著力栽。
佳日偏耽山水秀，敲詩只許鷺鷗陪。懸知壽宴宏開日，裙屐聯翩絡繹來。

次韻 五結 黃春亮

福享林泉快矣哉，悠悠杖國樂春回。桂蘭馥馥階前茂，桃李欣欣手下栽。
舉案齊眉人共羨，吟詩奪錦孰堪陪？延年菊釀新醅綠，珠履三千接踵來。

次韻 三重 黃逸邨

大好家園忒快哉，征衫初卸息肩回。芝蘭挺秀群芳艷，玉樹臨風百卉栽。
況有琴書堪作伴，尤欣戚友互追陪。唱酬最喜天倫樂，此福惟君慶得來。

次韻 臺北 黃啓棠

林泉樂趣亦佳哉，華誕又逢七十回。架上詩書皆自校，庭中花草盡親栽。
孫枝繞膝含飴弄，藜火關心照字陪，再向門前添五柳，何殊元亮賦歸來。

次韻　鳳山　黃光品

弧帨高張亦壯哉，滿堂萊綵舞低回。風雲叱咤雄心在，桃李萬千信手栽。
不息川流天地配，主盟壇坫鷺鷗陪。今朝杖國齊伸祝，朱履盈門去又來。

次韻　臺北　黃文虎

矍鑠是翁眞壯哉，林皋幸卸錦衣回。雪鴻到處留奇蹟，風雅隨機廣茂栽。
此日齊眉雙戩穀，何時把臂一親陪。懸知上慶東洲路，不止嵩山四叟來。

次韻二首　潮州　黃福全

偕老夫妻實快哉，滄桑看盡戰雙回。珠璣燦爛心開拓，蘭桂騰芳手自栽。
杖國壽星欣朗健，步園花錦喜相陪。人生到此須行樂，談笑鴻儒日往來。

其二

功成身退實欽哉，不負人生世一回。竹報平安歡自得，花開富貴喜親栽。
論文品茗聊天樂，酌酒吟詩邀月陪。燦爛壽星娛老日，塵緣超脫悟如來。

次韻　臺中　黃爾竹

如君清福幾人哉，時獨閒吟得意回。好句豪雄工寫作，佳兒英畏自培栽。
田園有味勤能種，名利無求恥爲陪。朝夕徜徉林下樂，優遊杖履去還來。

次韻　佳里　黃秋錦

七秩雙登樂快哉，園林幽隱賦榮回。芝蘭繞砌寬懷賞，松菊盈門遺興栽。
慕藺多年頻景仰，瞻韓何日獲追陪。如蒙翰墨因緣契，紙上深攀賜教來。

次韻　大溪　黃茂炎

古稀華誕亦悠哉，似箭光陰去不回。伉儷天教齊杖國，桂蘭露浥滿庭栽。
親朋頌祝身長健，墨客嵩呼席末陪。海屋籌添開壽宴，期頤再待好音來。

次韻　臺南　黃三華

松柏是翁矍鑠哉，幾從南澗採芝回。池深早把龍魚養，庭廣相連鳳竹栽。
翰墨有緣能締造，命途無法可追陪。古稀伉儷逢雙慶，祝嘏親朋遠近來。

次韻二首　林園　黃火盛

棄賈從農感快哉，晴耕雨讀故鄉回。椿萱並茂良培養，蘭桂騰芳善種栽。
藝苑譽傳才學博，騷壇名著好趨陪。古稀壽比南山壯，祝嘏堂前戲綵來。

其二

宦海歸帆樂快哉，綸音謙悒錦衣回。玉昆金反義方訓，花蕚聯輝悉手栽。
和睦鄉親深敬仰，聯盟鷗侶喜叨陪，古稀欣祝南山壽，蔗境彌甘福自來。

次韻　關西　黃朱興

七秩榮偕健美哉，功成利就錦衣回。孫賢子肖從心欲，桂馥蘭馨得意栽。
樂水觀山欣共賞，吟風弄月喜相陪。雙星燦爛光門第，祝嘏麻姑晉酒來。

次韻　三重　傅秋鏞

從心所欲總悠哉，益壯年華歲序回。蘭桂有香應不俗，稻粱無價試分栽。
偶因詩酒騷人共，時載琴書野老陪，若谷虛懷懷長者，風生談笑賦歸來。

次韻　臺北　曾笑雲

精神矍鑠氣佳哉，老境甘同蔗境回。庭砌桂蘭欣競秀，門墻桃李喜新栽。
南山齊晉岡陵頌，蘇澳難忘杖履陪。所欲從心應一笑，躋堂賀客獻詩來。

次韻　臺北　曾慶豐

名就功成至善哉，更逢杖國錦衣回。春風滿面兒孫繞，瑞氣盈庭蘭桂栽。
詩酒流連饒樂趣，林泉怡悅肯追陪。人生七十方開始，雙壽南山福祿來。

次韻　臺中　湯源生

野鶴閒雲最快哉，七旬矍鑠錦衣回。松蘿帨彩欣今設，蘭桂騰芳自昔栽。
莫論英賢稱莫逆，相親鷗鷺喜相陪。巍巍雙壽南山頌，俚句聊將祝嘏來。

次韻　中壢　湯錦祥

四知門第偉乎哉，百戰商場奏凱回。國杖榮頒夫婦執，園亭香繞桂蘭栽。
飢餐霞靄人恆健，雅扢鯤溟客共陪，富不驕奢譽日盛，一門雙慶自天來。

次韻　宜蘭　馮錕鍈

舉案齊眉最快哉，光陰逝水幾時回。椿萱暢茂全家福，桃李繁榮繞屋栽。
半畝田園娛自足，一肩書劍喜相陪。稀齡賦罷南山壽，待祝期頤載酒來。

次韻　新化　逸　夫

擺脫塵勞氣壯哉，陶朱事業夢初回。亭園三徑高懷賞，桃李千株信手栽。
工部詩篇誰與匹，坡公詞賦孰能陪。稀齡身健尤多興，閒數飛禽自去來。

次韻　彰化　詹光華

龍馬精神亦壯哉，優遊南北任徂回。興將筆墨琴書潤，閒便庭園草木栽，
眞箇幽居城市隱，其然追逐鷺鷗陪。此生共願身長健，世局如棋看未來。

次韻　臺北　葉蘊藍

笑扶鳩杖亦悠哉，綵舞斑衣見幾回。綠竹生孫饒並茂，黃花娛己愛多栽。
香山頻約騷人會，蓮社爭邀勝侶陪。欲聽鳳簫雙奏曲，躋堂客自遠方來。

次韻　臺北　葉世榮

納福家中蔗境哉，淵明亮節賦歸回。煙霞可狎雙肩息，蘭桂騰芳一手栽。
樂水遊山消受慣，吟風弄月合相陪。儒門壽讌宏開日，我亦摳衣祝嘏來。

次韻 朴子 楊圖南

心身矍鑠喜悠哉，每見探驪奪錦回。蘭桂萌芽如筍立，香花善果滿庭栽。

樵漁對話溪山趣，墨客盈門詩酒陪。樂聚天倫忘俗累，清風陣陣入簾來。

次韻 苗栗 楊子淵

杖國雙登是美哉，介眉壽近小春回。筵中旨酒期多飲，庭外名花喜自栽。

繞膝兒孫同玩樂，知心鷗鷺共相陪。弘農世澤源流遠，潔白傳家派衍來。

次韻三首 五結 楊 挺

福運雙逢七秩哉，堯天舜日望重回。長生不用靈芝種，永壽何庸瑞柏栽。

哲嗣騷壇誇獨步，文孫學界慕交陪。華堂此日開歡宴，大有詩星錦句來。

其二

體轉金剛德盛哉，青春歲月慶重回。針停婺女天花散，鑱掣南星月桂栽。

拔幟騷壇偕子往，分甘雅室弄孫陪。今朝杖國逢雙壽，我詠南山獻句來。

其三

福慧雙修七十哉，春來夏去幾環回。兒孫滿眼稱心樂，桃李盈墻妙手栽。

會友以文躬自待，賀賓祝嘏喜親陪。籌添海屋蟠桃熟，必引群仙晉酒來。

次韻　五結　楊三華

極婺雙輝此日哉，童顏歲歲伴春回。竹旁吉屋千竿綠，菊繞祥門百棵栽。

子鳳孫龍皆俊秀，盟鷗友鷺互追陪。天年好是添三十，酒晉麻姑百歲來。

次韻　蘇澳　楊田塗

所欲從心體健哉，商場奏凱錦衣回。兒孫問禮頭頻點，桃李迎春手自栽。

紀壽瑤章人競慕，稱觴旨酒我追陪。效顰不揆華封祝，多子多財萬福來。

次韻 白河 楊青洲

七十人生亦快哉，循陔萊舞幾環回。酒傾北海開懷飲，菊向東籬信手栽。
鯤島遨遊鷗鷺伴。騷壇馳騁子孫陪。懸知壽宇宏開日，珠履三千接踵來。

次韻 白河 楊武勳

杖國悠遊實快哉，扶桑歐美任環回。興將桃李緣階育，閒即芝蘭繞砌栽，
驪頷珠探名士共，文孫飴弄老妻陪。稱觴遙祝齡無量，更佇期頤再賀來。

次韻　白河　楊林米足

極婺雙輝燦爛哉，詩家七十慶初回。芝蘭玉砌辛勤養，桃李瑤堦次第栽。
孫弄老妻朝夕共，雲遊野鶴北南陪。誰知此老非池物，曾是商場戰勝來。

次韻　白河　楊文鐘

所欲從心至快哉，烹經煮史勝遊回。生平積善奇兒出，庭砌偷閒異卉栽。
只許騷人朝夕共，懶從黠吏酒杯陪。始知純嘏原天授，不是尋常浪得來。

次韻　白河　楊永茂

杖國成雙快矣哉，兩間燦爛慶春回。騰芳桃李長年育，競秀芝蘭滿院栽。
老伴賢能供內助，佳兒英畏作詩陪。人生此福須天貺，不是常人學得來。

次韻　義竹　溫秀春

休隱林泉得所哉，腰纏義利錦衣回。菘青韮翠隨心擷，桂馥蘭香著意栽。
世外漁樵時話劫，殼中鷗鷺日相陪，兒孫滿眼皆詩傑，北轍南轅拜訪來。

次韻　臺北　廖心育

詩禮傳家久仰哉，風城首次晤翁回。康寧步國離藜堪杖，麗句生花筆可栽。
極婺雙輝弧帨照，椿萱並茂桂蘭陪。稱觴仁者天增壽，我亦鷗親自遠來。

次韻　臺北　廖心求

新莊別墅境優哉，何日驅車遂去回。桃李成谿精意植，芝蘭繞砌細心栽。
雲霞飲罷身心健，藜火燒殘聖哲陪。信足而翁天寵眷，佳兒繼往且開來。

次韻　臺北　廖文居

籌添海屋亦悠哉，極婺呈輝第幾回。七十春秋身自歷，百千蘭桂手親栽。
筵開蘇澳歡聲載，喜溢華堂笑語陪。伯起家風人共仰，獻詩祝嘏慶同來。

次韻　臺北　廖而從

矍鑠而翁孰比哉，天南地北去還回。成谿桃李隨緣育，競秀芝蘭著意栽。
頌獻岡陵春不老，文論興替夜深陪，欣逢杖國庚星朗，點頷兒孫戲綵來。

次韻　臺中　趙佛笑

此老稀齡尚壯哉，駐顏有術得春回。桂蘭更羨盈門秀，松菊猶存繞徑栽。
華胄鱣堂曾久仰，豪名鯤海未親陪。倚樓聊爲南山頌，俚句自慚遠道來。

次韻　臺北　趙永光

弧帨雙懸德重哉，財恆萬貫束腰回，舉觴鴻案臺媊健，傳道鱣堂桃李栽。子袖孫襟衣食足，商知墨已頌歌陪，樗輝更仰從心欲，鳳和鸞鳴福壽來。

次韻　臺北　劉萬傳

杖國年登最爽哉，湖山翁已漫遊回。篋中詩史三餘誦，宅畔桑麻五畝栽。俗事紛紛時頓減，閒雲淡淡日相陪。滿堂和氣天倫樂，定必籌添百歲來。

次韻　關西　劉錦傳

精神矍鑠最悠哉，大展鴻圖得意回。肖子賢孫多快樂，奇花異草廣培栽。春秋不老同欽仰，松柏長春作賀陪。今日雙星逢令誕，欣看祝嘏客頻來。

次韻　苗栗　劉顯榮

野鶴閒雲至快哉，喜君還少似春回，桂蘭我愛庭前植，松菊人欣屋後栽。
日夕文孫飴弄樂，杯盤雅士句論陪。古稀矍鑠詩彌健，此福何人比得來？

次韻　苗栗　劉淦琳

燦爛雙星望快哉，南山獻頌小春回。工商繼起陶朱術，桑菊猶追元亮栽。
蘭桂騰芳皆發達，詩書無價喜相陪。期頤豫祝身恆健，拜壽堂前鷺侶來。

次韻　關西　劉曉初

滄桑閱歷思悠哉，嘯傲田園日幾回，藝苑談心鷗鷺共，階除隨手李桃栽。
青燈有味書爲伴，碧落多情月作陪。杖國籌添齊祝嘏，四知堂上客頻來。

次韻　臺北　鄭晃炎

古稀年過仰優哉，更待期頤醉一回。不老星輝堂外照，長生草茂檻前栽，
遨遊早起心花放，靜隱清吟野鶴陪。豈獨問安頻點頷，閒談還有雅人來。

次韻　臺北　鄭鴻音

懸弧設帨喜欣哉，二老瑤池赴會回。一樹靈椿千古秀，五枝丹桂百年栽。
蟠桃祝嘏麻姑獻，壽酒稱觴墨客陪。矍鑠長生春不老，從心所欲活如來。

次韻　林邊　鄭玉波

稀壽稱觴氣壯哉，恰同諫果已甘回。既曾握算闤中隱，更閱移桑海上栽。
奕葉芝蘭階砌繞，齊眉鸞鳳玉閨陪，從心所欲不逾矩，野鶴閒雲作伴來。

次韻　臺北　鄭文山

杖履優遊體健哉，營商梱載錦衣回。齡臻七秩懸弧慶，花艷三春著手栽。戲綵承歡兒女孝，雅懷逸興酒詩陪。鱣堂此日逢雙壽，濟濟騷人祝嘏來。

次韻　竹南　鄭啓賢

無拘無束自悠哉，禹甸山川任賞回。遺興滿園桃李植，寓情三徑菊松栽，精敲章句時人仰，閒話桑麻野老陪，所欲從心不逾矩，登堂嘏祝鷺鷗來。

次韻　宜蘭　蔡鼇峰

七秩人稱矍鑠哉，蟠桃應喜進楊回。椿萱雙杖臨鄉植，蘭桂連根入夢栽。廿載騷壇常讌飲，一朝壽域共追陪。鱣堂直抵金婚日，定卜春風四面來。

次韻　高雄　蔡柏樑

古稀祝嘏樂悠哉，花好月圓醉幾回。萬卷詩書傳子讀，滿庭蘭桂費心栽。
田園豐歲家恆裕，菊酒延身容共陪。十載相期雞黍約，杖朝獻頌故人來。

次韻　臺北　蔡慧明

從心所欲實悠哉，術紹陶朱衣錦回，玄意詞章饒寄託，消閒桃李更培栽，
忘機鷗鷺稱知己，把酒漁樵喜作陪。此日鱣堂開壽域，三千墨客獻詩來。

次韻　羅東　蔡奕彬

丰采翩翩亦壯哉，親朋祝嘏幾番回。椿萱並茂盤堂翠，蘭桂同芳傍砌栽。
詩頌岡陵欣共比，籌添海屋樂相陪。泰山北斗遙瞻仰，翹首臨風慶賀來。

次韻　羅東　蔡世雄

弧帨雙懸實快哉，高堂祝嘏去還回。鴻光齊案家猶美，蘭桂滿庭手自栽，洛水靈龜長比擬，緱山瑞鶴獨追陪。德門善慶兒孫秀，娛目分甘喜氣來。

次韻　口湖　蔡遊天

七秩雙逢亦快哉，商場稛載錦衣回。消閒歲月身長健，託興林園菊自栽，舉案齊眉梁孟若，談心促膝鷺鷗陪。期頤且待添三十，騷客重臨祝嘏來。

次韻　口湖　蔡土地

雙逢七秩快悠哉，商戰誰如載譽回。點頷兒孫齊綵舞，賞心桃李昔時栽。騷壇拔幟無人敵，鯤島探幽有鶴陪。嗟我腸枯惟俚句，叨承末席貢蕘來。

次韻　屏東　歐清泮

古稀矍鑠體康哉，滄海桑田見幾回。日夕含飴孫漫弄，庭園養性菊頻栽。
騷壇白戰佳兒伴，禹甸清遊野鶴陪。最愛華齡添卅載，玉堂祝嘏再登來。

次韻　宜蘭　潘紹輝

雨讀晴耕亦快哉，何妨戴月夜遲回。珠璣麗句閒情遣，田畝嘉禾任意栽。
舉案齊眉梁孟繼，忘機戲藻鷺鷗陪，年臻杖國逢雙慶，滿眼兒孫舞綵來。

次韻　臺北　賴子清

休遊林下亦悠哉，覽勝何妨日幾回。舞綵佳兒心自慰，滿園異卉手親栽。
樽傾北海吟朋共，壽獻南山賀客陪。矍鑠稀齡雙伉儷，千秋梁孟又重來。

次韻　五結　賴福炎

老更耽吟矍鑠哉，五經背誦百千回。桂蘭競秀忘形賞，桃李呈芳得意栽。
山水有緣詩潤飾，鷺鷗無忌日相陪。稀齡壽域宏開日，笑我欣欣祝嘏來。

次韻　苗栗　賴綠水

老氣橫秋益壯哉，金婚壽宴迓春回。蘭陽許我新詩繪，栗里邀公細菊栽。
滿眼風光欣自適，三山杖履喜相陪。延年伴得漁樵樂，綠水長流鷺侶來。

次韻　宜蘭　賴仁壽

七十年華氣壯哉，蘇津風月伴低回。夫妻舉案齊眉樂，蘭桂飄香著意栽。
自壽新詩成錦繡，稱觴喜酒待追陪。杖朝重祝懸弧日，鷗鷺聯歡次第來。

次韻 大村 賴劍門

稀齡端肇思深哉，還曆從頭十載回。功業有成勤作述，廉能無愧裕培栽。
知公博學身心健，忝我緣慳鼓箧陪，賡頌金婚偕祝嘏，連篇錦繡八方來。

次韻 臺北 駱子珊

晚景悠悠信快哉，佇看蔗境早甘回。四知家世傳名久，滿圃蘭香得意栽。
積德惟翁臻大壽，吟詩有子好能陪。年臻杖國身猶健，臺北蘭陽任往來。

次韻 三重 蕭獻三

適志人生㚷快哉，桑榆晚景夢初回。研硃滴露年年事，乞竹分花處處栽。
無敵家風名久震，有緣翰墨會曾陪。古稀筵啟鱣堂日，賀客聯翩祝嘏來。

次韻　新竹　鍾泉春

祝到期頤亦快哉，十年一度尚三回。延齡壽酒今朝熟，益算蟠桃昔日栽。
椿樹敷榮萱草茂，長庚輝映福星陪。人生七十初開始，獻頌岡陵絡繹來。

次韻　臺南　謝碩輝

夫婦唱隨矍鑠哉，古稀雙慶喜春回。詩壇老我猶耽詠，菊圃欣君到處栽。
繞膝時多孫作伴，稱心日有酒相陪。人生樂趣誰能匹，福慧修從夙世來。

次韻　苗栗　謝鳳池

杖國懸弧亦樂哉，丹萱還少艷春回。王家門外三槐植，楊氏庭前五桂栽。
垂釣河邊尋鷺侶，敲詩窗下喜孫陪，悠悠歲月身長健，掃徑歡迎益友來。

次韻　臺東　謝桂森

彌甘晚境樂悠哉，嘯傲林泉任往回。祝嘏爭呈新句巧，成陰不負昔年栽。
待人和靄人稱讚，處世忠貞世敬陪，伉儷稀齡身至健，九如共頌好音來。

次韻　臺中　謝金生

矍鑠吟躬望偉哉，騷壇拔幟百餘回。芝蘭繞砌忘情賞，桃李盈庭得意栽。
一曲陽春難唱和，何年叔夜一追陪。古稀壽宴宏張日，賀客三千遠近來。

次韻　臺北　謝繼芳

新詩細翦亦悠哉，鴻雁傳來誦幾回。蘭桂騰芳心自樂，李桃競秀手親栽。
增華踵事佳兒繼，玩水遊山野鶴陪。七秩而翁身益健，稱觴祝嘏八方來。

次韻　臺北　簡竹村

杖雪拖雲亦壯哉，正逢遊國看花回。延年椿並萱齊茂，得地桃隨李共栽。
藝苑無詩君不讀，騷壇何幸我追陪。四知堂啓長春宴，時有清風拂面來。

次韻　新店　簡長德

蔗境漸甘實快哉，尋詩三徑任低回。商場得意盈倉積，蘭桂飄香滿院栽。
卻喜江湖容遯迹，不妨鷗鷺且追陪。懸弧杖國稱觴日，瑞氣氤氳入座來。

次韻　宜蘭　簡松齡

杖國精神益壯哉，籌添海屋迓春回。天寬地闊全家樂，桂馥蘭馨滿徑栽。
華閣觴稱鸞鳳配，騷壇緣結鷺鷗陪。陶然詩酒情無限，珠履三千遠近來。

次韻　大溪　簡應中

先生生計樂悠哉，把酒看花日幾回。脫盡利名超物外，好將蘭桂倚庭栽。
耽吟緣締忘機侶，品茗時邀野老陪。最喜七旬逢令旦，未荒三徑賦歸來。

次韻　臺北　魏經龍

高臥匡廬正爽哉，功成名就早歸回。蘭孫桂子天倫樂，奇草芳花隱士栽。
道義肩擔君振起，詩書鼓吹我趨陪。古稀安吉吟身健，鳩杖優遊自去來。

次韻　苗栗　羅樹生

七秩楊公意壯哉，悠悠蔗境喜甘回。子孫知孝書能繼，伉儷相和玉可栽。
遊水遊山騷客請，杖鄉杖國宿儒陪。宏開壽域吟身健，祝嘏親朋遠近來。

次韻　臺北　蘇鴻飛

林泉歸隱興豪哉，七秩稱觴樂幾回。有子工詩眞腹稿，成蹊美蔭擅心栽。
瞻韓如得清芬浥，問字何妨末席陪。弧帨雙懸欣此日，登門賀客頌揚來。

次韻　路竹　蘇文禎

七十人生快意哉，天南地北數遊回。庭芳桃李心恆樂，砌茂芝蘭手自栽。
勝地名山公歷閱，敲詩問字我追陪。欣逢弧帨雙懸日，濟濟騷人祝嘏來。

次韻　臺東　蘇宜秋

消受煙霞亦快哉，稀齡七十似春回。心存聖道行仁德，志在園林巧剪栽。
化雨恩霑桃李艷，催詩鉢響鷺鷗陪。四知家世原清白，天予子斯人泰運來。

附錄　各地吟壇祝楊長流巨源七秩雙慶大作十首

長流仁兄七秩賦此志慶三首　五結　張火金

寒梅骨相鶴精神，瀟洒衿懷自得眞。三澳風光供彩筆，全蘇山水結芳鄰。

文章早定傳家業，才藻堪推淑世人。與酒無緣人未寂，索詩有寵客常親。

其二

不因齒學輕時輩，尙喜芻蕘作友賓。美滿夫妻頭並白，寧馨兒女品皆純。

籌添海屋承頒玉，曲和陽春愧望塵。但願蔭庭長聳翠，百年萱草百年椿。

其三

晚景如君亦世居，男婚女也賦于歸。門風孝友承先緒，夫婦康寧慶古稀。

蘭桂爭妍春滿眼，林泉習靜老忘機。無窮壽算無窮福，耀彩南天看紫微。

楊巨源詞長暨德配廖夫人七秩雙壽誌慶　豐原　陳公愚

黃花釀酒喜稱觴，耄耋期頤歲月長。極婺光芒同頌慶，桂蘭香氣滿庭芳。
金婚燭燄輝煌甚，練舞衣裝燦爛忙。笑看華封人共祝，瓊筵開宴奏笙簧。

同題　二百四十字以表雙雙百廿歲　臺北　鄭鴻音

杖國稱觴日，騷人鉢韻催。親朋同喜祝，鷗鷺共追陪。車馬門前駐，柏松屋後栽。懸竿燃響炮，拍手喚聲雷。奉佛燒紅燭，盛廚列古罍。瑤池仙果獻，洞府壽筵開，席備鴛鴦座，酒傾琥珀杯。淡江金石契，蘇澳棟樑材。子孝徵詩句，孫賢進玉醅。楊家傳五桂，魏氏植三槐，守禮眞高雅，藏書亦大哉。曾經尊孔教，未許付秦灰，商界誇能手，文壇羡奪魁。開心荒地拓，得意錦衣回，身正智仁勇，業成歸去來。樂山猶樂水，憂道不憂財。舊友交敦厚，新詩善剪裁。登峰常印屐，越嶺好探梅。菊傲存堅節，蓮清不染埃。居樓談欸曲，覽勝笑徘徊。弄月空行雁，吟風竹掃苔。七旬長快樂，百歲永歡怡，溫暖因佳婦，休閒抱幼孩，蘭陽名望重，榮譽遍全臺。

同題二百四十字以表雙雙百廿歲　臺北　余冠英

矍鑠台媥好，從心所欲之。箕裘能克紹，夫婦永相隨。羽獵堂名重，弘農第振丕。庭前生瑞草，堦下茁神芝。謀事曾三省，尊宗守四知。文壇登雁塔，商界展鴻基。營圃花千種，承家桂五枝。蘭陽觀暮景，蘇澳賞朝曦。春暖遊郊野，夏炎啖荔枝。清秋同玩月，寒夜共敲詩。越嶺身猶健，登山力不疲。礁溪梅雨織，龜嶼海風吹。佛寺參菩薩，洞天讀古碑。芳園黃菊放，出岫白雲披。愛獸敷茅舍，養魚鑿水池。鍾靈龍隱臥，秀氣鳳來儀。禮樂堪爲友，琴書可作師。諸孫歡抱膝，二老樂含飴。杖國稱觴日，瓊筵祝嘏時。瑤池桃滿籠，仙府酒盈巵。孝子斑衣舞，騷人典誥辭。劇場邀戚友，壽宴奉嚴慈。桑梓皆瞻仰，漁樵伴笑嬉。齡高延卅載，大慶誌期頤。

同題二首　白河　吳宜歷

矻矻孜孜把雅揚，際逢七秩喜稱觴。天教有子如陳實，德配夫人媲孟光。
三徑牡丹開富貴，九霄極婺獻禎祥。最憐仁德膺純嘏，裕後光前百世昌。

其二

仁德宜膺福壽長，騷人氣節志凌霜。中天雙宿恆輝耀，大作千秋自炳煌。
夢寐多年懷教範，追陪何日問津梁。登高準擬華封祝，恰似葵傾向太陽。

同題　白河　楊文鐘

一曲陽春迥異常，繼聲愧我費思量。九如頌獻親朋滿，七秩籌添福壽長。
鯤島多人蒙德澤，鱣堂百世溢書香。桂蘭挺秀忞欣賞，所欲從心夙願償。

同題　白河　吳信德

四知玄德慶重光，頌獻鱣堂福壽長，怡悅成陰桃李秀，歡忻繞砌桂蘭芳。
古稀難得逢雙慶，矍鑠翛然納百祥。鯤島騷人齊祝嘏，齡齊彭老壽無疆。

附錄三　一九六七年楊長流巨源七秩雙慶徵詩紀念集

詩題：楊震　體韻：七律四支　得詩：二六四首

林佛國先生擬作

東漢儒臣稟四知　卻金暮夜直言規
兒孫後世遺清白　夫子關西振羽儀
好學安貧曾設帳　見危受命最匡時
一經昭雪中牢祀　改葬華陰如帝師

張振聲先生擬作

天道能明守四知　弘農伯起古鬚眉
人前一介休輕取　世上三端決不移
詠叶霓裳仙永聚　瑞含芝宇德堪貽
肯承鶴俸愼持重　兩袖清風孰比之

魏經龍先生擬作

甲胄弘農百世規　四知黑夜孰能欺　不甘鐵面污宏德　更歉金條染暴癡
兩袖清風揚萬里　一門廉潔譽當時　嗟今無恥凶徒輩　鑽地埋頭何處馳

地詞宗　楊乃胡先生
天詞宗　楊嘯天先生
人詞宗　楊伯西先生

第一名（地元天九人廿七）二六六分　礁溪　林萬榮

伯起才名噪一時　關西夫子著威儀　少年好學勤三復　暮夜辭金畏四知
志潔早教貪吏忌　言忠終被倖臣欺　而今昌邑懷遺澤　蘋藻春秋薦古祠

第二名（地十二天十七人卅七）二三七分　臺東　蘇宜秋

關西夫子大名馳　暮夜辭金格四知　白璧黃花身比潔　丹心赤膽志寧移

文章聲價雞林重　桃李欣榮馬帳垂　累世三公餘蔭在　楊公德政口皆碑

第三名（人臚天十地六八）二二一分　臺北　李嘯庵

天地皆知爾我知　辭金一語作箴規　宣尼比聖眞難得　太尉稱賢固所宜

諫諍朝廷心有責　排除奸佞力無遺　可憐東漢忠良士　失意終成萬古悲

第四名（人廿三天廿七地卅三）二二〇分　口湖　邱水謨

能將薦密賄金辭　東漢山川正氣垂　治政多才賢太尉　授徒博學大宗師

精忠報國流千古　清白傳家畏四知　吾道未衰文未喪　關西夫子繼宣尼

第五名（人十地廿一天六一）二一一分　羅東　蔡世雄

伯起心公自不私　臨財毋苟見情辭　四知凜畏閒居日　三戒嚴規獨處時

莫屑貪污以肥己　惟求清白可傳兒　關西孔子稱何愧　贏得風徽萬古垂

第六名（天廿一地廿四人四九）二〇九分　三重　陳福助

不受懷金敬四知　關西夫子凜威儀　忠言立典垂青史　清節留芳仰潔規

桃李盈門多俊契　公卿累世有賢兒　三鱣堂主人稱頌　楷範令名萬載遺

第七名（天十二地廿五人七十）一九六分　苗栗　謝鳳池

關西講學擁臯比　博覽明經化雨施　道述宣尼多士慕　功昭炎漢遠孫遺

啣鱣碧鸛徵三品　辭密黃金畏四知　德蔭弘農傳潔白　萬年人仰大宗師

第八名（地十九天卅人五八）一九六分　宜蘭　馮錕鍈

廉勤太守節堅持　卻受黃金諭四知　兩袖清風塵不染　一心化雨澤兼施

政聲遠播欽山野　德望高揚到海湄　由義行仁民共仰　東萊道上口皆碑

第九名（地翰人四二天六二）一九四分　虎尾　陳輝玉

關西夫子世箴規　廉潔高風著典儀　秉政惟忠勤治國　教民明恥勉匡時

名登青史垂千古　志卻黃金畏四知　且喜書生能本色　傳家清白節長持

第一〇名（地廿天卅七人五二）一九四分　新莊　楊君潛

伯起英名宇宙垂　緬懷言行肅官儀　辭金諍友千秋範　設帳傳經一代師
節勁應教權倖嫉　廉能未許國家危　濟時功不低鄒魯　贏得人欽競勒碑

第一一名（天元人九）一九二分　宜蘭　潘紹輝

侃侃辭金畏四知　不求份外仰英奇　清廉亮節千秋範　博覽明經一代師
桃李成蹊霑雨露　簪纓累代耀孫兒　忠心爲國行仁政　贏得芳名竹帛垂

第一二名（地十八人廿五天六八）一九二分　羅東　陳燦榕

關西孔子口皆碑　砥柱中流德教施　半夜辭金留節操　畢生爲吏守箴規
攘除權倖千秋範　作育英才一代師　東漢鴻儒名不朽　至今猶賴肅官儀

第一三名（人花天八）一九一分　臺北　賴子清

廉吏良師志靡移　關西夫子眾稱奇　鱣堂德化華陰被　鹿洞清規東漢垂
行諳樊豐奸得逞　餽金王密計難施　兒孫數世三公顯　千古高風仰四知

第一四名（地七天廿四人八五）一八七分　五結　楊　挺

不受千金夜固辭　官場今古仰良師　能全節義爲民範　確守貞廉立國維
博學明經宗孔孟　振綱飭紀效皋夔　從來宦海藏污處　孰似斯公志不移

第一五名（地十六人廿四天七七）一八六分　臺北　鄞　強

曠古清廉仰四知　文章道德兩堪師　兒孫俊秀三公顯　仕宦尊榮一世奇
久掌銓衡名不泯　曾司風憲績長垂　關西夫子尼山媲　桃李盈千化雨施

第一六名（天六人十一）一八五分　五結　楊　挺

不受污財立德基　安邦賴以振綱維　從來大吏廉爲主　欲繼斯人更有誰

名震關西才早著　官清漢代典長垂　嘉譽足並山河永　萬古堂名掛四知

第一七名（天卅二地卅七人五三）一八一分　大溪　李傳亮

自有廉風凜四知　黃金十萬志難移　不貪不取芳名播　希聖希賢雅操持
潔己律嚴霜入抱　照人心朗月無虧　傳家清白遺徽在　惠及兒孫燕翼詒

第一八名（天十九人廿八地七六）一八〇分　鳳山　黃光品

今賢古聖總欽遲　夫子關西孰比之　作吏廉能昭後世　辭金暮夜譽當時
節同松柏千秋勁　德與文章百代垂　太尉傳家名不朽　長流福澤永無涯

第一九名（天七人五十地六九）一七七分　口湖　李丁紅

關西夫子久名馳　萬古人猶頌四知　賄賂堅辭爲善吏　明經博覽作良師
廉風足式心無慾　雅操堪欽口有碑　清白傳家多積德　三公累世蔭孫兒

第二〇名（地八人廿一）一七三分　臺北　卓夢庵

千古名揚畏四知　受金思義卻之宜　立身清白堪留範　作吏廉能不計私
世襲三公忠有後　天教一善報無遺　關西夫子家風在　爭看人歌上壽詩

第廿一名（人七地廿二）一七三分　蘇澳　楊柳園

關西夫子己無欺　亮節高風載口碑　博覽文章留典範　遍栽桃李固邦基
濟時偏惹權奸忌　拒賄贏來姓字熙　眞是大名垂宇宙　諷今諍古總相宜

第廿二名（地十三天四五人七五）一七〇分　關西　沈梅岩

冰清廉潔本無私　名振關西萬世師　靜室授徒施絳帳　高堂講易坐皐比
平生秉事標全德　暮夜辭金表四知　勁直忠貞天錫福　簪纓令嗣媲伊夔

第廿三名（地十天廿三）一六九分　五結　張火金

太尉頭銜統百司　永初朝政賴撐持　愛民若子憐無告　疾賄如仇凜四知

必赦趙騰殷諫主　莫親王聖烈陳詞　披肝瀝膽忠君國　贏得休官兩鬢絲

第廿四名（天廿五地卅八人七一）一六九分　五結　楊　挺

四世公卿譽早馳　關西旺族顯門楣　不貪一介遵三畏　寧卻千金凜四知

赫赫文名垂盛世　煌煌亮節礪平時　家傳清白欽明訓　永向官場作導師

第廿五名（天十一地卅）一六一分　臺北　江紫元

一代貞廉萬世規　關西夫子仰威儀　栽桃種李逾千樹　拒賄辭金誨四知

非寶自輕阿堵物　潔身無愧大宗師　有時取道楊門過　不斷清風向面吹

第廿六名（人十五天廿六）一六一分　宜蘭　林本泉

暮夜持金密餽遺　廉明太尉拒收時　高懷霽月存三畏　正氣凌雲倡四知

報國文章人共仰　愛民德政世長垂　即今多少貪污者　勁節如公復有誰

第廿七名（地眼天四十）一六〇分　羅東　蔡奕彬

苞苴密餽固堅辭　廉吏如公載口碑　令子克家三不惑　格言醒世四堪知

臣心似水長清潔　友誼懷金總鄙卑　寄語人間貪利客　好從伯起作箴規

第廿八名（人翰天卅八）一五九分　新莊　楊君潛

東漢鴻儒凜四知　黃金暮卻仰威儀　忠廉身世千秋頌　清白家風百代遺

諍古諷今誰步武　安貧樂道獨爲之　爭貪賄賂嗟斯日　表肅官箴固國基

第廿九名（人十七天五五地七三）一五八分　羅東　蔡奕彬

不義之財不受之　平生玉潔本無私　官清豈識黃金貴　節重偏教青史垂

屈指四知寧汝我　舉頭三尺有神祇　人間銅臭熏天日　廉吏如公萬世師

第卅名（天廿人廿六）一五六分　布袋　宗儒士

博學明經一代師　關西夫子譽遐馳　家傳清白揚千古　人頌高廉畏四知

官吏楷模留正道　子孫實踐有良規　諫君未遂身甘殉　永遠芳名竹帛垂

第卅一名（天十三人六十地七五）一五五分　高雄　林靜遠

明經博覽眾儒師　譽是關西孔仲尼　欲肅官箴除佞患　終因君闇致身危
論才一代無雙士　遺範千秋有四知　耿耿孤忠昭日月　高風亮節世欽遲

第卅二名（地六天六五人八二）一五〇分　臺北　葉蘊藍

莫道忠心惹禍基　宦場無黨立丹墀　關西贏得諸儒譽　朝內偏遭群醜欺
爵顯也應先引退　位高何不早思危　劇憐垂老清廉甚　辭卻黃金畏四知

第卅三名（人廿地卅六）一四六分　豐原　陳公愚

獨自拒金說四知　廉隅勉勵亦箴時　貪夫入耳皆羞愧　賢士捫心盡笑怡
一語足爲清白法　千秋奠定是非基　儒林循吏長懷念　政治光明警所司

第卅四名（地花人五十四）一四五分　苗栗　謝鳳池

明經博覽繼宣尼　多士從遊大道披　率性替天敦化育　秉心報國潔行爲
四知凜凜慚知友　三惑昭昭莫惑兒　德蔭遠孫徵上壽　弘農堂上仰清規

第卅五名（地廿六天卅一）一四五分　臺北　李天鷲

賂賄深宵拒四知　追懷東漢肅官儀　心堅斷不權威屈　頭白寧容氣節虧
萬卷經書溫古典　滿牆桃李展春枝　關西孔子人稱羨　代出王侯護國基

第卅六名（天花人五十五）一四四分　高雄　林欽貴

博學關西譽仲尼　高風亮節世欽遲　論才當代無雙士　卻賄深宵凜四知
常爲宮闈除嬖倖　屢陳諫疏肅朝儀　可嗟所事非明主　遭謫蒙冤萬古悲

第卅七名（天十六人四四地九九）一四四分　高雄　林道心

關西夫子大宗師　明義辭金節不移　名教古今誰可匹　高風中外孰能追

守身璞玉芳千古　訓世鍼規重四知　鐸振川中扶漢室　鴻儒聲譽冠當時

第卅八名（人眼地五七）一四三分　臺北　謝繼芳

文章聲價冠當時　宦海浮沉感慨之　處世惟仁心不愧　待人以德口皆碑

清廉自我懷三畏　賄賂伊誰了四知　赫赫令名昭漢史　關西夫子總堪師

第卅九名（人十六地四三）一四三分　臺中　趙佛笑

講學鱣堂品德推　千秋竹帛大名垂　勤修儒業崇三省　嚴守官箴畏四知

忠直偏遭朝策免　清廉終獲世追思　如今愧煞貪婪輩　暮夜遺金幾肯辭

第四〇名（天眼地五八）一四二分　五結　張火金

桃李春風滿絳帷　關西一代仰宗師　學通天地包無量　官至公卿掌百司

以賄因緣曾絕友　傳家清白老遺規　古今交際看青史　第一何人凜四知

第四一名（人十二地五十）一四〇分　臺北　鄞強

關西夫子世尊推　赫赫精忠史籍垂　曠古襟懷掄國士　畢生風義肅官儀
才華勳業千秋範　文藻詩書百代師　東漢賢臣楊太尉　凜然正氣仰箴規

第四二名（人卌五天五一地七七）一四〇分　布袋　蕭維德

有錢可使鬼神移　伯起超然不愛之　如此清廉稀且少　由來貪妄鄙尤卑
故人難把黃金餌　太守何容暗室欺　足遏衙門開八字　楊家千載大名垂

第四三名（天廿二人四一）一三九分　臺北　趙永光

關西夫子盛名垂　今古咸欽畏四知　東漢崇封廉節吏　三公首要棟梁姿
文章骨格流芳遠　青紫功勳奕葉熙　豈止弘農光祖澤　鱣堂詩禮冠華夷

第四四名（人六地六四天九五）一三八分　草屯　林惠民

累官太尉節無虧　午夜遺金不受奇　忠直偏教權倖妬　清廉自是古今知

千秋貞勵傳佳話　一代儒宗仰典儀　桃李盈門施化雨　關西夫子世咸推

第四五名（地十四天五十）一三八分　義竹　溫秀春

華陰伯起久聲馳　卻賄清廉不徇私　匡國精誠心似鏡　化民毅力口爲碑
依仁濟阨非干祿　據德興群好賦詩　羞煞樊豐偏嫁禍　譖公千古惹人嗤

第四六名（地四六天五六人六五）一三六分　宜蘭　方坤邕

東漢華陰現緝熙　關西夫子拜龍墀　充庭嬖倖爭三欲　獨我司徒立四知
暮卻黃金留吏範　朝呈禮諫正宸儀　如今社稷經千載　似此忠廉更有誰

第四七名（地九天五九）一三四分　臺東　謝桂森

講授辛勤獨下帷　關西孔子共欽遲　經書滿腹儒林重　桃李盈門國棟資
利欲迷人心弗動　忠貞處世志寧移　不欺暗室留清白　贏得芳徽譽四知

第四八名（地卅五天卅六）一三一分　臺北　鄭晃炎

黑夜辭金表四知　一言宦海作箴規　忠勤氣節能堅守　廉潔精神耐久持
贊翼樞機爲太尉　薰陶學子仰宗師　儒風豈獨關西振　媲美文宣不愧之

第四九名（地廿八天六十人八八）一二七分　宜蘭　簡松齡

昌邑儒宗載口碑　關西夫子績長垂　干雲正氣遵三畏　蓋世遺風凛四知
廉潔精神昭宇宙　文章道德振華夷　天教漢族重興日　太尉良模作典彝

第五〇名（人卅六天四二）一二四分　頭城　吳淵泉

關西夫子德魁奇　兩袖清風衆口碑　設帳華陰桃李盛　居官東漢姓名馳
誅奸矢志辭三品　革弊金言在四知　莫是明公能踏義　那堪昌邑有禋祠

第五一名（天十四地六五）一二三分　中壢　湯錦祥

華陰人傑擅才奇　子夜辭金畏四知　五諫恐危劉社稷　三臺肅整漢官儀

秉公闔后威難遏　枉法樊豐怨不辭　怙念歸田棺道左　潼亭追贈立功祠

第五二名（人卅天四九）一二三分　羅東　陳燦榕

東漢鴻儒百世師　官居太尉守箴規　濟時行道稱三異　半夜辭金凜四知

千里仁風春有腳　一天膏雨惠無私　冰清玉潔公高節　萬古留芳姓氏垂

第五三名（地卅二天七十人七八）一二三分　苗栗　羅樹生

舉世彈抨污吏時　追懷至潔大宗師　朝晨講道傳三戒　暮夜辭金畏四知

一脈清廉昭日月　千秋氣節蓋華夷　關西孔子名同實　遺教慇懃永繫思

第五四名（人元天八九地九一）一二二分　三重　張晴川

太守東萊節未虧　忠心耿耿古今垂　典謨君子欽三畏　廉潔賢官仰四知

天地無私分善惡　國家有幸繫安危　只今墨吏橫行日　安得先生暮夜辭

第五五名（人十三地六七）一二二分　蘇澳　楊柳園

一語而爲百代節　四知堂久仰威儀　自從太尉將金卻　便作中華訓世規
振鐸相承鄒魯業　除奸重整漢邦維　即今污吏猶猖獗　繼述先生孰可期

第五六名（人卅八天四三）一二一分　宜蘭　潘紹輝

廉潔高風世可師　不圖份外物珍奇　功名不負清才願　桃李欣霑春雨滋
博得關西稱孔子　榮膺昌邑立崇祠　楊公德政傳今古　咸仰辭金畏四知

第五七名（地十一天八三人九二）一一七分　羅東　蔡奕彬

暮夜辭金志不移　廉風萬古仰箴規　凌霜體比嚴冬柏　向日心如盛夏葵
義重財輕培浩氣　冰清玉潔凜幽姿　楊公品格殊難得　豈特家傳畏四知

第五八名（人四三地四四）一一五分　臺南　謝碩輝

華陰伯起老經師　處世無偏畏四知　清白傳家民仰德　賢能理政口皆碑

權門恥附遭奸妬　守志寧甘自我欺　歛酖盡忠完大節　高風長蔭子孫枝

第五九名（地四五人六一天八二）一一五分　布袋　蕭維德

修身正直利難移　暮夜辭金畏四知　昌邑故人應有悟　萊州太守本無私

凜持大節光楊第　操守廉風仰漢時　伯起芳徽千載著　相期官肅作箴規

第六〇名（人卅一天五八）一一三分　五結　楊　挺

多金不納善陳詞　夜半無人也四知　磊落襟懷行有度　嚴明志節秉無私

文章足著千秋法　道德堪爲百世師　清白傳家尤景仰　子孫代代振門楣

第六一名（天卅三人五九）一一〇分　林邊　鄭玉波

望重關西盛漢時　家風清白子孫遺　貞廉拒賄慚王密　博學傳經媲仲尼

欲整朝綱懷奮發　不容權貴策難施　德高後嗣增光大　四世三公奕葉垂

第六二名（人十四天七九）一〇九分　三重　張晴川

權門不屈重威儀　憂國精誠志不移　昌邑治民垂後輩　東萊敦教仰先知
清風兩袖傳千載　廉潔孤忠振四維　暮夜辭金良典範　喚醒墨吏濟艱時

第六三名（人十八地八十）一〇四分　豐原　陳公愚

清白傳家史載之　拒金暮夜聖明時　儒林自古原修德　循吏從來未顧私
可使貪夫將過改　更教賢士秉公爲　關西夫子廉聲著　克己堪稱萬世師

第六四名（天四四地五四）一〇四分　臺北　林子惠

客邸深宵拒贐儀　千秋亮節姓名垂　門生略表酬恩意　處士豫防造孽貲
師道莊嚴敦正氣　宦途模範守清規　美風後漢餘徽在　留與官民凜四知

第六五名（地十五人八四）一〇三分　臺南　謝碩輝

宰政行仁眾口碑　官升太尉耀門楣　書香繼世榮三相　清白傳家畏四知

桃李滿園經普授　豺狼當道志終違　闕西孔子吾儒仰　青史芳名萬古垂

第六六名（天卅五人六七）一〇〇分　臺北　賴子清

冠雀銜鱣集講帷　治民如濟旱荒時　忠言讜論儀型在　亮節廉能天地知
上疏諫規遭妬忌　中讒遣返便臨危　不需治產遺孫子　清白家風萬代垂

第六七名（天廿九人七四）九十九分　口湖　邱水謨

華陰地秀毓英奇　榮顯堂顏署四知　衣鉢眞傳桃李日　經書博覽濟匡時
權奸讒倖難容爾　忠直清廉更有誰　意氣凌雲雄吐鳳　長流世澤耀宗支

第六八名（人卅二天七一）九十九分　臺中　黃爾竹

正直匡君公最宜　司徒太尉兩優爲　宦官作弊眞堪慮　嬖女未除更可危
至竟帝心終不悟　遂教臣子策難施　輝煌人格光青史　義膽忠肝萬代垂

第六九名（地十七天八七）九十八分　羅東　蔡世雄

千兩黃金志不移　東萊太守固堅持　古云君子懷三畏　今日楊家曉四知
須識鬼神非可昧　應明天地是難欺　廉名萬世留青史　清白傳家載口碑

第七〇名（天四一人六三）九十八分　五結　賴福炎

深夜辭金畏四知　官聲牧長涿州時　儒修正直功名顯　道德深宏典則垂
清白傳家欽善訓　貞廉從政仰芳規　懲貪飭紀振今日　好向思齊作導師

第七一名（天臚）九十七分　臺北　賴子清

絳帳傳經世所師　關西孔子剩清規　忠言上疏能頻諫　暮夜辭金畏四知
講學三鱣符吉兆　臨喪大鳥不勝悲　夕陽亭外來憑弔　無限淒涼痛莫支

第七二名（地臚）九十七分　臺南　黃三華

楊公伯起世欽遲　拒受懷金著四知　剛正有官居鼎鼐　清廉無地闢園池

忠君愛國千秋範　設帳傳經一代師　哲裔長流雙慶日　古稀祝嘏紀徵詩

第七三名（天翰）九十六分　宜蘭　賴仁壽

闕西夫子美名馳　拒受黃金戒四知　兩袖清風揚宦海　三公累代拜瑤墀
門牆桃李勤培日　冰雪襟懷抱濟時　廉德傳家香社稷　千秋昌邑仰神祠

第七四名（地四二人六四）九十六分　新竹　朱杏邨

闕西孔子仰威儀　漢代名儒史冊垂　昌邑茂才誰比擬　華陰博學眾堪追
樊豐建議能三省　王密酬金告四知　後世人稱清白吏　褒揚正氣刻詩碑

第七五名（天四七地六一）九十四分　宜蘭　高宗驥

荊州刺史早名馳　才冠華陰眾口碑　廉德清標明逸志　忠言宣化抱匡時
懲貪政拙辭三品　坐肅風高戒四知　勁節矜持安社稷　長留正氣繫人思

第七六名（天五二地五六）九十四分　二林　周時木

千百生徒侍絳帷　關西夫子大名馳　累官太尉皇恩沐　數代三公聖澤滋
高築杏壇興教化　主持兵部固邦基　至今苗裔還裁德　矍鑠齊眉樂唱隨

第七七名（人八）九十三分　三重　傅秋鏞

昏夜辭金事不奇　廉能養正恐無爲　官箴肅穆揚千載　家法森嚴著四知
科舉茂才先哲誤　性難諧俗賦歸宜　充庭孌倖空陳疏　辜負襟懷在濟時

第七八名（天四八地六三）九十一分　林邊　鄭玉波

伯起芳名漢史垂　銜環報德肇丕基　儒尊關右文宣號　世仰朝中太尉儀
酒色錢財三不惑　地天你我四皆知　留將清白傳家訓　衍慶長流派萬支

第七九名（天卅四地七八）九十分　嘉義　張清輝

親民愛國志難移　學博才高實可師　秉政時欣州郡服　收金事恐地天知

功昭漢代扶光武　名振關西號仲尼　道範廉風千古仰　長流世澤衍宗支

第八〇名（人六二天六四地八九）八十八分　臺中　林謙庭

博學明經譽早馳　關西老少共尊師　爲官正義留千載　治政清廉畏四知
恩沐華陰民愛戴　文興東漢史長垂　赤心一片安邦國　勳績輝煌紀德碑

第八一名（天十五）八十六分　五結　張火金

樂得英才予教之　獻身宦海爲匡時　謾云聖上新恩寵　終念關西舊絳帷
職掌嚴明財不苟　居官清白世皆知　緣何奉旨還鄉日　恥向華陰路再馳

第八二名（天四六人八三地八八）八十六分　臺北　鄭晃炎

關西夫子肅威儀　贈賄嚴辭重四知　一代清廉眞可仰　天生道德總無虧
儒林泰斗留師範　太尉賢能護國基　派衍孫枝傳海嶠　宗風洄溯至今遺

第八三名（地四八人六八）八十六分　臺東　施振益

關西孔子德長垂　化育春風世共知　桃李成陰欣此日　襟懷爽朗譽當時
無貪財寶廉聲播　不屈權奸氣節持　最喜忠貞天未負　三公數代耀門楣

第八四名（人四五天七二）八十五分　新化　逸　夫

玉尺持身有十奇　涿州出守漢威儀　滿堂潔德稱三異　一室廉風指四知
清白傳家人敬仰　宏仁濟物客追思　蒼生利澤千秋範　標格高然化九夷

第八五名（天五七人六六地九六）八十四分　五結　賴福炎

關西夫子大名馳　夜半辭金懍四知　天降才人留典範　國逢聖哲振綱維
傳家清白垂良訓　從政廉明樹善規　盛世文章光漢史　令人百代仰宗師

第八六名（天十八）八十三分　大溪　林曉峰

太尉名揚後漢時　一生剛直自威儀　官清骨鯁貧無諂　藻雅才華範可師

桃李成行光甲第　兒孫世代耀門楣　不貪重賂廉風在　廟貌千秋署四知

第八七名（人十九）八十二分　高雄　高文淵

三鱣堂久姓名垂　忠直平生凜自持　講學早聞傳絳帳　正言已見立丹墀
卻金暮夜懷千載　名宦熙朝著四知　不愧關西夫子譽　明經博覽有餘師

第八八名（地四九天七八人九五）八十一分　羅東　蔡奕彬

苞苴夜進卻嚴辭　伯起清廉竹帛垂　獨向己身明素志　先教友道作良規
對天對地皆無愧　問鬼問神未有欺　留得千秋名行在　古今長壯四知祠

第八九名（人五六地六六）八十分　布袋　宗儒子

產業治遺盡不思　明經博覽古今知　傳家清白千秋譽　講學辛勤一代師
高潔拒酬欽往日　精忠上疏記當時　關西孔子名猶在　竹帛揚芬萬古垂

第九〇名（人二二）七十九分　中壢　湯錦祥

後漢賢臣入詠詩　卻金人品重珍奇　公忠易治皇圖固　清白難容后黨私

學博陳楊膺大用　求榮耿李拒無爲　古今合污同流客　愧到堂前看四知

第九一名（地廿三）七十八分　臺北　駱子珊

清白傳家載口碑　臨財不苟作箴規　未欺暗室常三省　無視黃金畏四知

儉可養廉良有以　富堪敵國究何爲　關西夫子留清史　累世簪纓顯耀宜

第九二名（地廿七人一〇〇）七十五分　關西　黃朱興

平生潔白志無移　暮夜辭金慕四知　處世廉明爲典範　居官清正仰威儀

傳家儉樸千秋鑑　教學賢良一代師　德蔭裔孫光祖訓　懸弧設帨耀門楣

第九三名（人卅三天九四）七十五分　宜蘭　蔡鼇峰

黃金十斛志難移　千古名言屬四知　宦海至情唯踏義　杏壇眞諦在尊師

憑公節操規民德　斥彼阿諛警吏卑　莫是君家能自潔　兒孫累世列丹墀

第九四名（天廿八地一〇〇）七十四分　二林　周時木

關西夫子賽先師　道載群儒繡口碑　位列三公親百姓　官居太尉服諸夷
明經博學空前代　振鐸揚風盛一時　樂育人材終不倦　栽培桃李遍天涯

第九五名（地廿九）七十二分　二林　周時木

安劉天下致雍熙　去穢誅姦志不移　忠直得逢堯舜禹　才能可匹呂周伊
子承父業去三惑　身紹祖風畏四知　四代三公清白吏　虔誠繼護漢旌旗

第九六名（人廿九）七十二分　布袋　蕭維德

眾愛黃金汝卻辭　芳型萬古作箴規　修身我也存三戒　爲吏阿誰畏四知
大節凜持開世衍　臨財毋苟見威儀　高風栩栩昭青史　紹克箕裘有後兒

第九七名（地卅一）七十分 佳里 黃秋錦

伉儷成雙壽介眉　子孫蕃衍慶螽斯　生徒門下培千數　格語人間佈四知
世襲三公朱紫貴　官居一品姓名馳　精神矍鑠如龍馬　百歲遐齡正可期

第九八名（人卅四）六十七分 關西 劉錦傳

世仰楊公畏四知　人間自古孰如斯　一生清白堪爲範　百代英明可作師
德行誠堪千古鑑　忠良足値萬人規　辭金寅夜蜚聲著　三惑毋忘誨肖兒

第九九名（地卅四）六十七分 草屯 李庭金

關西夫子本儒師　東魯功侔竹帛垂　葢代經綸隆德望　傳家清白重箴規
汾陽耀祖兒孫顯　淡水榮宗伉儷隨　贏得弘農堂煥彩　門懸弧帨慶齊眉

第一〇〇名（天卅九）六十二分 二林 周時木

數代三公廟立碑　參天槐樹蔭庭墀　道傳鄒魯千秋業　德述唐虞百世師

司馬東都忙日夜　關心邊塞繫安危　興文振武成雙絕　不朽功勳竹帛垂

地卅九　苗栗　楊子淵

鱣堂集瑞兆丕基　脈遠流長世澤垂　愧我無才繩祖武　多君馳譽耀宗枝

仁慈善述明三禮　廉潔矜持懍四知　上壽古稀雙覽揆　清秋晉酒頌齊眉

人卅九　頭城　莊芳池

太守名言載口碑　清風兩袖古今垂　長存廉潔辭三品　早戒奸貪凜四知

珍重故人留典範　殷勤賢令作箴規　相如去後苞苴杳　曠代同襟更有誰

地四十　羅東　蔡奕杉

酬金暮夜饋隆儀　大抵人情必受之　愛薦賢才非望報　爲襄暗室豈存私

和平處世虔三畏　清白傳家慎四知　俯仰乾坤無愧怍　應教壽老百年期

人四十　臺中　陳慶輝

華陰天誕士英奇　義節高風譽久垂　作宰施仁留好範　明經博識重當時
貞忠治國扶東漢　清白傳家署四知　從學數千齊孔氏　關西夫子最堪師

地四十一　臺北　黃啟棠

夫子關西譽望馳　昌言正色立丹墀　青天白日欣三省　黑夜黃金怕四知
傲骨難逃權倖詛　丹心易惹是非欺　官場此日知誰繼　好掃頹風奠國基

地四七人九六　五結　賴福炎

浩氣丹心相漢時　宦場多彩又多姿　傳家清白循三善　處世忠廉畏四知
一代文章輝國史　千秋節匾耀宗祠　從來大德人爭仰　爲紀高賢合頌詩

人四八地九七天九九　羅東　陳丙丁

好是關西孔仲尼　生平自矢守清規　栽桃種李逾千樹　拒賄諭民有四知

肅整群奸功不沒　毋忘三惑譽長垂　兒孫繼述丹墀顯　伯起英名載口碑

天五三人九一　臺中　黃爾竹

奸臣嬖女敢非爲　安帝昏庸社稷危　幸得英豪來力諫　欲從衰世立綱維
歷經州牧名宏振　曾任司徒節不虧　東漢忠賢終定論　巍巍至德永堪追

人五一地九三　中壢　吳子健

大義辭金誨四知　諄諄名教令名垂　關西一自稱夫子　天下咸欽是我師
雅操儒林留典範　清揚世道不澆漓　羨他廉德流芳遠　今古褒彰合有詩

人七二天七五　臺北　黃朗文

後漢鴻儒志不卑　孤貧好學性英奇　爲官河北恩能普　教授關西力起衰
濟世經綸州牧著　傳家清白子孫遺　東京望族彌昌盛　四代連綿太尉宜

人四六　嘉義　張清輝

博覽明經奠漢儀　清廉自矢作箴規　晚年飲酖含餘恨　暮夜辭金畏四知

涿郡民歌賢太守　關西士仰好先師　劇憐嬖倖充庭日　切諫忠言志不移

人四七　新莊　施勝隆

高風亮節仰威儀　一介親仁志不移　道德襟懷匡濁世　文章聲價冠當時

忠貞寡欲除三惑　廉潔矜持凜四知　秉政光明私淑艾　關西夫子口皆碑

人七三地七九天一〇〇　臺中　黃爾竹

系是華陰出仕遲　司徒州牧總相宜　通經教授才無敵　爲國除奸志豈移

後漢忠臣名不忝　東京望族譽長垂　關西夫子稱今古　至德巍巍萬世師

地五一　苗栗　劉淦琳

關西孔子大宗師　桃李公門媲仲尼　博學明經仁義重　清廉自矢姓名垂

居官數代居三品　說密辭金說四知　派衍蓬萊沾德澤　古稀夫婦慶齊眉

地五二　臺北　廖心育

博學傳經繼聖師　關西孔子世稱奇　鱣堂化雨清規澤　鹿洞春風德教施

上疏忠言遭白眼　中讒直諫願黃肌　廉官亮節流芳世　夜半辭金指四知

地五三　苗栗　羅樹生

明經博覽啓良規　萬古綱常媲仲尼　拔粹掄才培國士　辭金儆賄肅朝儀

揚清浩氣俊牛斗　激濁英風化狄夷　吾道且欣天未喪　復興文化仰先師

天五四　臺北　陳友梅

伯起芳名振四夷　明經博覽壓鬚眉　華陰設帳桃千樹　東漢傳家桂五枝

一代忠誠輝史冊　三公世襲顯孫兒　關西孔子非無謂　早教儒林禮導師

地五五　臺北　廖文居

明經博覽譽當時　潔己從來避四知　自矢清廉金可卻　天生儉樸物難移
華陰人頌文章貴　涿郡民沾雨露施　漢史增光尊氣節　關西夫子儘堪師

人五七　臺中　陳慶輝

關西夫子早名馳　師表眞堪萬世垂　好學高風誇俊傑　明經博覽擅英奇
清廉自矢傳千古　賄賂堅辭畏四知　太尉嬋聯光後代　良臣愛國孰能追

地五九　臺北　陳綽然

關西孔子久名馳　化雨春風習俗移　畢世忠貞揚故國　一生剛毅震邊陲
清官難免遭謠詠　良吏寧逃積毀疑　累代三公存浩氣　高風亮節至今遺

天六六人九四　草屯　林惠民

五車學富仰宗師　桃李栽培雨露施　清節千秋誰得繼　高風萬古孰曾追

文章濟世才華展　道德匡時姓字垂　澤蔭兒孫多顯達　官居極品耀門楣

地六十　宜蘭　高宗驥

東萊太守徇無私　廉德勳猷竹帛垂　辭郡辭州持雅操　憂民憂國作良規
挑燈夜靜明三異　拒賄風清擅四知　吏效伯翁同勁節　好教文武抱匡時

天七六地八六　苗栗　羅樹生

孌倖充庭慨世時　清標廉潔繫人思　精通熟藝千秋範　博覽明經百世師
暮夜辭金循吏道　天朝儆賄肅官儀　弘農堂上遺徽在　玉振金聲啓後知

地六二　義竹　溫秀春

謾詡辭金畏四知　生平廉潔志難移　宦途偃蹇還憂國　家境維艱不廢詩
煮史烹經饒逸興　披肝瀝膽繫安危　關西夫子留清白　奕世民歌載口碑

天六三　五結　楊挺

闗西夫子太名垂　盛德巍巍世仰之　天降賢臣扶政紀　國逢良吏整綱維
生平守善明三昧　夜半辭金畏四知　豈止官場留準範　千秋吾道可興衰

天七四地九十　羅東　陳燦榕

東漢鴻儒聖教施　丹心輔政挽頹時　陽春有脚推三異　暮夜辭金凜四知
治國安民人仰惠　和風化雨眾稱師　先生亮節千秋在　青史長留載口碑

地七二天九三　臺北　鄭鴻音

尊稱孔子盛名馳　德著闗西濟世宜　廉節丹心存正直　鋤奸矢志永無私
鱣堂桃李培千樹　臺輔兒孫繼四知　清白傳家人仰止　掛冠猶念漢邦基

天八十人八六　臺中　黃爾竹

近仁剛毅重當時　名振闗西事事宜　教學明經誠有幸　除奸去惡本無私

文章濟世留千古　清白傳家畏四知　數代連綿爲太尉　後人鼎盛史稱奇

人七六天九一　五結　楊經魁

硬必還金畏四知　廉明潔己見平時　官場百代欽遺範　學府千秋仰導師
守正不阿揚大節　親民有道振芳規　關西夫子才無敵　贏得清名萬古垂

天六七　內壢　馬亦飛

關西夫子大名垂　道繼尼山百世師　桃李滿門皆俊彥　孫曾奕代盡瓊琦
廉貞正氣芬南史　忠直清聲整國維　十鎰金看如敝屣　不欺暗室鬼神知

地八四天八五　羅東　蔡明良

楊公賦性自嚴規　潔白傳家萬古垂　賄賂潛通羞逆詐　苞苴暮進笑偏私
莫求利慾譽堪仰　毋顧貪圖節未移　一代廉名傳不朽　清風長繞四知祠

天六九　宜蘭　莊木火

荊州刺史口皆碑　暮夜辭金志不移　自矢清廉循吏道　明經博學爲人師
崇高氣節千秋在　潔白精神萬古遺　畏守四知眞雅訓　至今宦海作箴規

人六九　草屯　林惠民

關西夫子慕威儀　道德文章載口碑　清節長流堪典範　明經博覽仰宗師
盈門桃李春官屬　滿眼兒孫顯爵爲　裕後光前誰得似　楊家世系永昌期

地七十　佳里　黃秋錦

文章道義久傳馳　東漢鴻儒舉世知　嚴厲栽培賢弟子　慇懃教誨好先師
明經博學多聞見　立德培仁可範規　歷代兒孫膺爵祿　千秋蕃衍慶螽斯

地七一　潮州　黃福全

關西夫子擅當時　黑夜辭金有四知　爲宦廉貞垂德澤　傳家清白付孫兒

人嫌謝令推難去　我羨楊公善作爲　安得一般貪污者　思齊鐵面盡無私

天七三　臺北　劉萬傳

太尉頭銜未出奇　名稱孔子最威儀　滿懷正氣人應仰　兩袖清風事可追
耿耿丹心光漢土　綿綿瓜瓞耀門楣　倘教今日先生在　撲滅貪污重四知

地七四　新化　逸　夫

玉質冰心尚漢儀　涿州出守野狐移　無窮德政揚三異　不盡廉風振四知
清白傳家誰得似　精誠愛國孰能持　蒼生利澤垂青史　萬古千秋薦福碑

人七七　關西　劉碧嵐

自從伯起創清規　天下名聞畏四知　羨爾忠貞昭世代　慕他廉潔繼宗支
荊州職裏芳徽著　昌邑途中雅操持　寅夜辭金千古訓　楊家榮譽耀門楣

天八四地九五　羅東　蔡奕彬

辭金重德本無私　俯仰何慙有四知　身戒貪婪嚴士格　胸懷正直作官規
任他稽首酬他意　笑自撫心愧自欺　廉節稜稜青史在　千秋載道口留碑

人七九　新店　簡長德

載道關西盡口碑　明經博學大宗師　高風留史標千古　暮夜辭金畏四知
桃李森榮資作棟　子孫強項見威儀　權奸未滅寧毋恨　耿耿忠心貫斗箕

人八十　臺中　黃爾竹

師表堂堂萬世垂　華陰英傑早名馳　捨生能造邦家福　遺澤先教庶眾知
傳世高風原不忝　臨喪大鳥更堪奇　善人有後天施報　四代蟬聯太尉宜

天八一　雙溪　連溪水

關西夫子大名馳　振鐸緇帷繼仲尼　愛國丹心招賊懼　爲官黑夜把金辭

華陰桃李騰芳日　漢苑兒孫繼述時　博覽明經留典範　貞廉絕代繫人思

地八一　內壢　馬亦飛

一代儒宗楊伯起　宏才高爵顯當時　學尊鄒魯崇王道　政慕臯夔嫉竪欺

數被權奸交毀謗　終蒙明主察毫釐　巍巍昌邑四知廟　崇報千秋盛典儀

人八一　宜蘭　林阿俊

荊州刺史夜深時　賄賂黃金志不移　飲馬投錢冰雪吏　懸魚戒記政聲碑

芳名廣播拋三惑　雅操堅持畏四知　廉德清標垂竹帛　高風萬世作官規

地八二　口湖　蔡鳳基

滿園桃李化恩施　名振關西畏四知　避壽漫斟元亮酒　逢秋合賦少陵詩

金婚七秩齊稱日　鐲燭雙輝共慶時　句頌南山聊獻祝　蓬萊觴晉菊花巵

地八三　草屯　李文卿

譽稱孔子世良師　博覽明經教以規　桃李滿墻榮鼎鼐　桂蘭繞砌耀門楣

家聲丕振箕裘紹　世系流芳德澤遺　弧帨雙懸齊七十　壽星高照稻江湄

地八五　中壢　吳子健

博覽明經設絳帷　鐘敲鹿洞起清規　拒收賄賂成全志　轉使箴言教四知

愛國端憑忠直凜　累官都卻利名思　至今紹述多賢裔　廉德咸欽世可師

天八六　龍井　余述堯

忠直傳家史蹟遺　丹心報國暗無欺　冰清似水存三異　玉潔如霜凜四知

美德辭金留典範　志廉卻寶重規儀　古今中外人爭誦　聲譽流芳萬世垂

地八七　北投　倪登玉

不受懷金守正規　白同秋水美名垂　子孫長顯三公爵　士宦咸稱百世師

忠直豈能權所幸　犧牲卻爲志難移　高官自古滔滔遍　幾有如翁畏四知

人八七　羅東　蔡世雄

心懷正直慕仁慈　畏四辭金善守持　兩袖清風昭異代　一輪明月照無私
不容暮夜通關節　足爲衙門醒世規　萬古儒臣廉潔在　東萊坊表更魁奇

天八八　朴子　吳蒼鱗

正氣如虹耀四維　貴高太尉肅威儀　撫民德政敦風俗　愛國忠貞善理司
一代功勳蔭後哲　千年偉績讚先師　天令飲酖歸神赫　昌邑巍然立廟祠

人八九　豐原　陳公愚

關西夫子肅風規　暮夜辭金說四知　清白傳家承祖德　潔身克己後人師
貧夫廉讓儒夫立　盛世宦情亂世治　留得賢名光百代　豈徒一姓感威儀

天九十 臺北 何亞季

華陰伯起老先師 博古通今品格奇 耿直忠貞群敬仰 權奸巨惡暗相欺
春風桃李成千樹 夜靜人神護四知 享譽關西孔夫子 千秋亮節大名垂

人九十 伸港 洪福

家傳戶曉譽名馳 兩袖清風畏四知 拒受齎緣廉節著 方成聲教鄙貧夷
明經傳學恭爲訓 薦信力行志可師 贏得關西夫子號 永留道範古今垂

地九二人九九 關西 余鳴皋

名高萬古重倫彝 不昧饋金畏四知 清白傳家綿世澤 廉明輔國肅箴規
經綸蓋代稱夫子 道學超群作帝師 遠裕後昆登壽域 雙星竝耀看齊眉

天九二 朴子 楊圖南

正氣清廉覺四知 激揚禮教繼宣尼 忠誠輔政興東漢 英勇披肝震外夷

金紫殊勳三晉爵　邦家良範五經師　苞苴拒受何欽仰　奕世千秋載口碑

人九三　中壢　湯錦祥

爲孝慈親出仕遲　關西夫子大名馳　立身正誼明三畏　廉格辭金畏四知
才薦仲桓勤執政　諫陳官吏濫營私　天資清白流輝遠　四世公侯百世師

地九四　五結　楊三華

多金不納夜堅辭　亮節千秋世美之　滬北才人名早著　關西夫子典長垂
家傳清白遵三畏　政樹廉明凜四知　合頌斯人長不朽　文章一代仰宗師

天九六　關西　劉碧嵐

關西孔子永名垂　暮夜苞苴示四知　似水臣心廉吏範　如冰潔己庶民儀
一塵不染傳家譽　萬載流芳爲世師　樹立清風光社稷　千秋肅污作箴規

天九七　關西　陳昌宏

關西萬古著良基　暮夜辭金典範垂　潔白傳家崇國法　清廉遺世豎官規
常諄後裔驚三惑　善誨門生畏四知　且看臺高夫子蹟　愧教污吏歛懷私

人九七　大村　賴劍門

少而好學老堪爲　贏得關西一代師　自矢清廉凌氣節　不酬禮命豈頑皮
齊家有則存三戒　律己無違號四知　羞彼朝綱多嬖倖　忠心嘆失漢威儀

天九八　朴子　吳雲鶴

廉官清白德無涯　拒受黃金畏四知　桃李滿門呈秀麗　經書積架是良師
百年遺教千秋頌　一代殊勳萬載垂　義氣凌雲心愛國　莊嚴昌邑肅威儀

地九八　嘉義　李可讀

楊府稱觴伉儷隨　恩懷祖德合賡詩　行年仗國逢雙慶　當日辭金畏四知

壽字天開新氣象　淵源業紹舊宗支　關西夫子廉風在　世澤長流範永垂

人九八　苗栗　劉顯榮

博學明經繼仲尼　關西夫子大名垂　爲民設帳從游衆　愛國居官不受私
刺史四知留典範　公卿三代仰型儀　傳家清白多長壽　一世高風萬載規

楊巨源先生遺稿

文化生活叢書
詩文叢集1301048

作者　楊巨源
主編　楊君潛
責任編輯　陳胤慧
發行人　林慶彰
總經理　梁錦興
總編輯　張晏瑞
編輯所　萬卷樓圖書股份有限公司
排版　游淑萍
封面　菩薩蠻數位文化有限公司
印刷　維中科技有限公司
發行　萬卷樓圖書股份有限公司
臺北市羅斯福路二段四十一號六樓之三
電話 (02)23216565　傳真 (02)23218698
香港經銷　香港聯合書刊物流有限公司
電話 (852)21502100
傳真 (852)23560735
ISBN　978-986-478-352-6
二〇二〇年三月初版一刷
定價：新臺幣四〇〇元

楊巨源先生遺稿

國家圖書館出版品預行編目資料

楊巨源先生遺稿 / 楊長流著. 楊君潛主編. -- 初版
.-- 臺北市：萬卷樓, 2020.03
面；　公分.--（文化生活叢書；1301048）
ISBN 978-986-478-352-6（平裝）

863.51　　109003114

楊巨源先生遺稿